DREAMBOOKS

DREAMBOOKS★

DREAMBOOKS★

무적군주 로이스

ORIGINAL FANTASY STORY & ADVENTURE

오렌 판타지 장편소설

dream books
드림북스

무적군주 로이스 5

초판 1쇄 인쇄 2018년 6월 18일
초판 1쇄 발행 2018년 6월 25일

지은이 오렌
발행인 오영배
기획 박성인
책임편집 이예찬
디자인 권지연
일러스트 문필재
제작 조하늬

펴낸 곳 (주)삼양출판사 · 드림북스
주소 서울시 강북구 도봉로 173
대표 전화 02-980-2112 **팩스** 02-983-0660
편집부 전화 02-980-2116 **팩스** 02-983-8201
블로그 blog.naver.com/dreambookss
출판등록 1999년 3월 11일 제9-00046호.

ISBN 979-11-283-9395-2 (04810) / 979-11-283-9390-7 (세트)

+ 이 도서의 국립중앙도서관 출판시도서목록(CIP)은 서지정보유통지원시스템홈페이지(http://seoji.nl.go.kr)와 국가자료공동목록시스템(http://www.nl.go.kr/kolisnet)에서 이용하실 수 있습니다. (CIP제어번호: 2018017795)

무적군주
로이스
5
오렌 판타지 장편소설
ORIGINAL FANTASY STORY & ADVENTURE
dream
books
드림북스

Contents

Chapter 1
계획을 수정하다

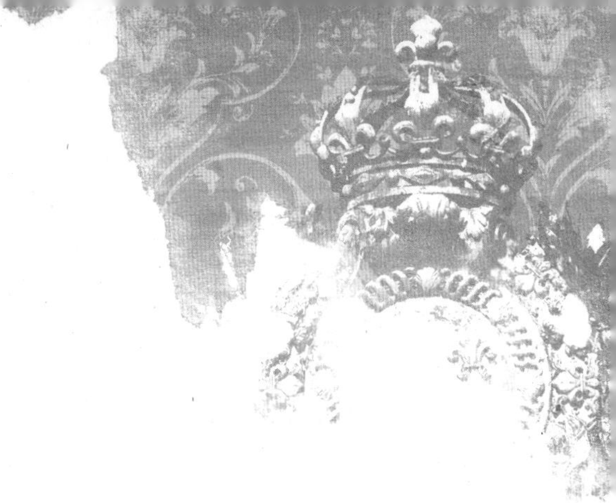

좌아아아아—

바람의 정령 라샤가 일으킨 바람을 타고 빠른 속도로 이동 중인 범선!

이 배의 선장은 물론 로이스였다.

"이제 곧 아스피스 성이에요, 로이스 님!"

라샤의 외침에 로이스는 기분 좋게 미소 지었다.

"수고 많았다, 라샤. 네 덕분에 빨리 도착했어."

"호호, 수고는요. 마땅히 제가 해야 할 일인데요. 어, 근데?"

라샤가 돌연 깜짝 놀라는 표정을 지었다.

"앞에서 전쟁이 벌어지고 있는 것 같아요."

바람을 타고 들려오는 소리를 라샤가 가장 먼저 들은 것이다.

"뭐 전쟁이라고?"

지금 배가 향하고 있는 곳은 아스피스 성이다. 그런데 그쪽에서 전쟁이 벌어지고 있다니 이 무슨 말일까?

"잠깐만요. 제가 확인해 보죠."

로디아의 두 눈에서 번쩍 빛이 쏘아져 나갔다. 그 빛은 전방을 까마득히 주파하여 아스피스 성 북쪽에서 벌어지는 전장의 상황을 바로 앞에서 보는 것처럼 모두에게 보여 주었다.

"몬스터들이에요!"

"아스피스 성이 공격받고 있어요, 로드!"

그러나 로이스의 표정은 의외로 담담했다. 전장을 보니 아스피스 성이 일방적으로 밀리지 않고 적들과 팽팽하게 맞서 싸우고 있었기 때문이다.

게다가 란델은 두 명의 마족을 상대로 오히려 그들을 몰아붙이고 있었으니. 그 모습을 보자 왠지 흐뭇했다.

"잘들 싸우고 있군. 그런데?"

로이스는 마족들이나 마물들이 성을 공격할 수도 있음을 이미 짐작한 터라 부하 란델을 남겨 두었다.

즉, 지금과 같은 상황은 별로 놀랄 만한 것이 아니다.

다만 왜 미스토스를 사용해 방어를 하지 않는 것일까?

'뭔가 문제가 있는 게 분명해.'

하지만 미스토스의 결계가 없음에도 불구하고 적들을 훌륭히 방어하고 있다는 것은 매우 고무적이었다.

특히 수천의 용병들과 수백의 이꼬트 주술사들을 일사불란하게 지휘하는 경비대장 스위니의 활약이 돋보였다.

이꼬트들은 성벽까지 올라온 리자드맨들을 바람으로 날려 보내거나 넝쿨로 묶어 버렸는데, 모두 스위니의 지시에 따라 민첩하게 움직였다.

비록 전투력은 란델이나 오후스에 비할 바가 아니지만, 그녀의 지휘력만 따지면 란델이나 오후스 못지않은 전공을 세우고 있다 봐야 할 것이다.

"로드, 어찌하실 건가요?"

아이리스가 물었다. 그녀가 볼 때 아스피스 성은 훌륭히 적을 방어하고 있었지만, 이대로라면 앞으로도 많은 희생이 있어야 수성에 승리할 수 있을 것 같았다.

그러나 로이스가 나서면 전세는 순식간에 아스피스 성 쪽으로 기울 것이다.

순간 로이스가 그런 걸 질문이라고 하느냐는 듯 대답했다.

"그야 당연히 도와줘야지. 라샤! 최대한 빠르게 배를 이동시켜."

"네, 로이스 님!"

라샤가 그녀의 정령력을 총동원해 강풍을 일으켰다. 그러자 돛이 찢어질 듯 팽창되며 배가 빠른 속도로 나아갔다.

촤아아아아!

로이스는 할버드를 지팡이처럼 세워 쥔 채로 전방을 노려봤다.

"잠시 후 전장이 보이면 나는 스텔라와 함께 적을 공격할 거야. 로디아는 배에서 대기하며 상황을 봐서 공격에 가담해."

"예, 로드."

그사이 배는 멀리 아스피스 성이 보이는 위치까지 도달했다.

"크아아악!"

"꾸억!"

"캬캬캬캬!"

동시에 로디아가 보여 줬던 마법의 환영이 아닌 실제 전장의 치열한 모습이 모두의 눈에 들어왔다.

그 순간 로이스가 훌쩍 배 위에서 도약해 란델과 싸우는 마족들을 향해 돌진했다.

'우선 마족부터!'

오후스와 싸우고 있는 녀석이 좀 더 강해 보이지만, 로이스에게는 마족을 처치하는 것이 급선무였다.

물론 임무 때문이었다.

[임무] 미스토스 상급 기사의 자격

—미스토스 상급 기사가 되기 위해서는 마족 10명을 쓰러뜨릴 수 있는 실력을 보여야 한다.

—마족을 처치한다. 7/10

현재 7명까지 해치운 상태다. 저 둘을 추가하면 도합 9명!

미스토스 상급 기사가 될 날이 머지않았다.

슈슈슈! 파파팟—

그사이 로이스가 날린 차크람들이 눈부신 빛을 뿌리며 마족 노릭스와 헬베스를 향해 날아갔다.

"크어? 이, 이게 뭐냐?"

"갑자기 어디에서 이것들이!"

그렇지 않아도 란델과 악전고투 중이던 그 두 마족들은 난데없이 날아든 차크람들의 공세를 피해 내기가 쉽지 않았다.

그래도 명색이 마족들답게 몇 번의 공격은 피했지만, 끝없이 쇄도하는 차크람들의 연환 공격 앞에는 속수무책이었다.

서걱! 서거걱!

촤! 촤아악!

한 번의 공격을 허용한 순간 또 하나의 차크람이 날아들었다.

그런 식으로 수십 개의 차크람들이 끝없이 날아드니 그것을 어떻게 피하겠는가?

"쿠아아아악!"

"끄으으윽!"

결국 마족들은 처참한 단말마를 남기며 수십 아니, 수백 토막으로 잘려 나갔다. 당연히 그 와중에 힘의 근원은 박살이 나고 말았다.

[미스토스의 은총이 당신의 노력에 대한 보상을 줍니다.]

[레벨이 올랐습니다.]

이로써 레벨은 45.

두 명의 마족을 해치웠는데 고작 1단계만 레벨이 올랐

다.

이는 로이스와 마족들의 전투력 격차가 커서 벌어진 일이었다.

강한 상대를 쓰러뜨릴수록 보다 많은 보상을 주는 것은 당연지사.

그만큼 약한 마족들을 해치웠으니 보상이 적은 것이다.

[봉인된 마력의 구슬을 얻었습니다.]

[봉인된 마력의 구슬을 얻었습니다.]

그래도 구슬 2개를 얻었다.

또한 임무도!

[임무] 미스토스 상급 기사의 자격

—마족을 처치한다. 9/10

'후후, 이제 한 놈 남았다.'

로이스는 흐뭇한 미소를 지었다. 그러다 앞에서 놀란 표정으로 서 있는 란델을 쳐다봤다.

"잘 있었느냐, 란델?"

"로, 로드! 언제 오셨습니까?"

사실 로이스가 나타나 차크람으로 마족 두 명을 해치운 것은 순식간에 벌어진 일이었다. 설명은 길었지만 란델의 입장에서 보면 갑자기 자신과 싸우던 마족 두 녀석이 수백 토막으로 잘리더니 이내 먼지가 되어 흩어져 버린 상황인 것이다.

"언제 오긴. 지금 왔지."

"로드를 뵙습니다!"

란델이 부복하려 하자 로이스는 손을 휘저었다.

"일단 리자드맨 녀석들부터 모두 쓸어버려라. 인사는 천천히 하기로 하지."

"예, 로드!"

란델이 힘차게 대답했다. 그사이 성벽 위에서 로이스의 모습을 발견한 미스토스 용병들이 환호성을 날렸다.

"오오! 로이스 님이 오셨다!"

"우하하하! 로이스 님이 마족들을 순식간에 해치우셨다!"

"흐흑! 무적의 기사 로이스 님이시다!"

어떤 용병은 감동이 복받쳤는지 눈물을 흘리기도 했다.

그것은 아시엘 역시 마찬가지였다.

용자로서 의연한 모습을 잃지 않고 전장을 지휘하고 있었는데, 갑자기 나타나 순식간에 마족들을 해치워 버린 로이스를 보자 왠지 눈시울이 뜨거워졌던 것이다.

'로이스 님, 돌아오셨군요.'

타르파 역시 들떠 있었다.

"하하하, 로이스 님이 때맞춰 돌아오셨습니다. 이제 발 뻗고 잠을 잘 수 있겠군요."

한편 오후스와 치열하게 싸우고 있던 다크 엘프 하르켄은 갑자기 전세가 기울자 깜짝 놀랐다.

특히 정체불명의 소년이 마치 돌풍처럼 나타나 마족 둘을 소멸시켜 버린 데에는 정말이지 경악하고 말았다.

하지만 한가롭게 더 놀랄 틈도 없었다.

슉! 팟! 파팟—

갑자기 나타나 홀연히 빛을 뿌리며 그를 공격하는 정체불명의 존재 때문이었다.

"윽! 크윽! 제기랄! 뭐, 뭐냐?"

그는 기를 쓰고 피했지만 눈 깜짝할 사이에 전신에 세 군데의 자상을 입고 말았다.

'이런 말도 안 되는…….'

도무지 믿을 수 없는 상황이 끝없이 벌어지고 있었으니!

'어새신인가? 이건 보통 실력이 아니군.'

그가 어찌 알겠는가? 지금 그를 공격하는 이가 바로 라키아 대륙에서는 죽음의 어새신이라 불리는 스텔라임을.

그녀가 바로 사르곤 제국뿐 아니라 라키아 대륙을 통틀어 몇 손가락 안에 들어가는 가공할 전투력의 소유자라는 것 또한 알 수 없을 것이다.

'윽! 이대로는 승산이 없군.'

신비의 나무 정령 오후스만 아니라면 한번 싸워 볼 직도 하지만, 지금 상태로는 승산 자체가 없었다.

'오늘은 일단 물러간다.'

곧바로 하르켄은 오후스와 스텔라를 동시에 노리고 강력한 일격을 날렸다.

파앗! 파아앗—

두 개의 쌍검에 생성된 오러 블레이드의 기운이 날아갔다. 오후스는 가볍게 그것을 막았고, 스텔라는 장난처럼 간단히 그것을 피해 버렸다.

바로 그 틈을 이용해 하르켄은 뒤쪽으로 멀리 이동해 전함 위로 올라섰다.

"두고 보자! 조만간 다시 와서 모조리 쓸어버릴 것이다!"

화아아악—

그의 모습은 전함과 함께 검붉은 광채에 휩싸여 순식간에 사라져 버렸다.

슈웅! 슈웅! 슈슈슝-

차크람들이 빈 공간만 찢어 놓고 돌아왔다.

"이런! 놓치다니."

하르켄이 사라진 순간 로이스의 차크람들이 간발의 차이로 그곳을 지나갔던 것이다.

한편 하르켄이 사라지자 그때까지 거칠게 성을 공격하던 리자드맨들이 일제히 퇴각하기 시작했다.

"도주는 꿈도 꾸지 마라!"

전투선을 타고 물러나는 리자드맨들을 향해 로이스의 차크람들이 작렬했다.

서걱! 서거거걱!

"켁!"

"끄억!"

"꾸아악!"

스텔라와 란델, 오후스도 리자드맨들을 그냥 보내지 않았다. 로디아 역시 광역 공격 마법을 날렸다.

디리링.

그녀가 하프를 켜는 순간 상공에 붉은 구름이 모여들더니 아래로 화염의 비가 쏟아져 내렸다. 그곳은 리자드맨들의 전투선이 가장 많이 모여 있는 곳이었다.

화르르르! 활활활! 쿠콰콰쾅!

"쿠아아아악!"

"꾸에엑!"

전투선이 박살 났고 리자드맨들은 화염에 휩싸여 호수로 뛰어들었다.

란델의 주먹이 폭풍처럼 수라장을 누비며 그런 리자드맨들을 학살했다. 스텔라의 흐릿한 그림자가 보이는 곳마다 리자드맨들의 목이 끊어져 널브러졌다.

로이스는 도주하는 리자드맨들을 앞에서 포위하며 싸늘히 웃었다.

"한 놈도 도망 못 가게 해라. 놔두면 또다시 나타나 공격해 올 거야. 모조리 없애 버려!"

"예, 로드!"

그러나 그때였다. 갑자기 괴상한 구름이 일어나 리자드맨들을 감싸 어디론가 이동시켜 버렸다.

전장에 남은 건 죽은 리자드맨들의 사체들.

스스스스.

곧 그 또한 모두 환영처럼 사라졌다. 동시에 핏물로 오염되어 있던 호수의 물이 언제 그랬냐는 듯 맑게 돌아왔다.

"이상한 녀석들이네."

로이스 역시 오늘 나타난 리자드맨들이 어딘가 특이한 구석이 있음을 본능적으로 눈치챘다.

"흔히 보던 리자드맨들이 아니었어. 뭐 하는 녀석들이지?"

특히 마지막에 그들을 이동시킨 괴상한 구름은 아직까지 한 번도 본 적 없는 유의 것이었다.

마기와는 전혀 다른 기운이었으니까.

어쨌든 전쟁은 승리로 끝났다.

전리품도 얻고 레벨도 올랐지만 적장을 놓친 것은 아쉬웠다.

"와아아아! 우리가 승리했다!"

"우하하하! 적들이 물러갔다!"

성안은 승리의 함성과 환호성으로 가득했다. 듣기만 해도 가슴이 뛰며 기분이 좋아지는 함성들이었다.

"로이스 님!"

"로이스 님, 드디어 귀환하셨군요!"

북쪽 성문이 열리며 아시엘과 타르파가 로이스를 맞이했다. 그 뒤로 활짝 웃고 있는 이꼬트들의 모습도 보였다.

"로이스 님, 무사 귀환을 축하드려요. 덕분에 성을 공격했던 타락한 용자의 군대도 쉽게 물리칠 수 있었어요."

아시엘의 말에 로이스는 깜짝 놀랐다.

"타락한 용자? 설마 그럼 아까 그놈들이?"

로이스도 용자 전설이라는 소설책을 읽었기에 타락한 용자가 뭔지는 안다.

본래는 용자였으나 타락해 마왕보다 더 사악한 존재가

된 자들!

그냥 소설로 볼 땐 그러려니 했는데 설마 진짜로 그런 자들이 존재하고 있을 줄이야.

아시엘이 씁쓸히 웃으며 고개를 끄덕였다.

"타락한 용자 제라칸의 부하들이에요. 아까 온 적장은 제라칸의 기사로 하르켄이라 했어요."

"제라칸이라는 용자가 이곳을 노리고 있다는 거야?"

"틀림없어요."

"용자가 용자를 공격하다니! 용서받지 못할 녀석이군."

"어쩌다 그는 그런 어리석은 선택을 했는지 모르겠군요."

용자인 그녀로서는 도저히 타락한 용자 제라칸을 이해할 수 없었던 것이다.

그렇기에 더더욱 용서할 수 없는 존재이기도 했다.

마왕과 맞서 싸워 대륙을 지켜야 할 수호자가 오히려 그 대륙을 수탈할 뿐만 아니라 같은 용자까지 공격해 죽이려 하다니!

로이스가 돌연 싸늘히 눈을 빛냈다.

"그동안은 마왕들만 죽이려 했는데 생각이 바뀌었어. 타락한 용자들도 모조리 쓸어버릴 거야."

로이스의 계획이 수정되는 순간이었다.

그러던 로이스는 배에서 내려 자신을 따라 성으로 들어온 아이리스 등을 가리켰다. 새로운 일행들이니 아시엘에게 소개시켜 주려 함이었다.

"이들은 내 부하들이야. 저쪽은 포로들이고."

"모두 반가워요. 앗, 당신은 설마?"

아시엘은 환한 미소를 지으며 로이스의 새로운 일행들을 반기려다 돌연 낯익은 얼굴을 발견하고 깜짝 놀랐다.

다름 아닌 라테르 황자였다.

물론 그녀는 아직 라테르가 황자인지 모른다. 언젠가 나타나 자신에게 치근댔던 남자로 기억할 뿐.

"저자가 어떻게 이곳을?"

"저자는 사르곤 제국의 이황자 라테르야."

"네? 지금 뭐라 하셨죠?"

아시엘의 안색이 급변했다. 라테르에게서 풍기는 기품 등으로 보아 평범한 인물은 아닐 거라 생각하긴 했지만, 설마 사르곤 제국의 황자일 줄은 상상도 못 했던 것이다.

다른 곳도 아닌 사르곤 제국의 황자라니!

루파인 왕국을 멸망시킨 제국의 황자!

사르곤 제국은 루파인 왕가의 모든 식솔을 죽이고 왕국을 약탈했다. 부모님이 죽고 두 언니도 죽었다. 또한 귀족들 중 다수가 죽거나 노예로 끌려갔다.

그런 처참한 만행을 저지른 황가의 일족이 그녀 앞에 나타난 것이다.

또한 그런 개인적인 원한을 빼고서라도 사르곤 제국의 황가는 더더욱 용서할 수 없는 곳이다.

용자인 그녀의 성장을 시종 방해하는 사악한 마법사 나칸이 바로 그 황가의 명을 받들고 있으니까.

'라테르 이황자! 네놈이 감히 이곳에 오다니! 절대 용서할 수 없어!'

그래도 모두가 모여 있는 자리이다 보니 표정을 관리하려고 했지만 쉽지 않았다. 그녀는 안색이 창백해지며 비틀거리기까지 했다.

"아……."

로이스는 그럴 줄 알았다는 듯 나직이 한숨을 내쉬고는 아시엘의 어깨를 붙잡았다.

"저자는 너와 화친을 하러 왔어. 그때의 일을 사죄하고 싶어 해. 하지만 그런 건 신경 쓰지 말고 네가 하고 싶은 대로 해. 죽이든 감옥에 가두든. 어차피 포로로 잡아 왔으니까. 둘 다 마나를 봉인해 둔 상태야."

로이스는 그 말을 끝으로 아이리스 등을 데리고 릴리아나의 꽃밭으로 들어갔다. 아이리스가 아시엘에게 뭐라 말하고 싶은 눈치였지만, 로이스는 손을 흔들어 막았다.

"급하게 서두를 것 없어, 아이리스. 아시엘에게도 마음을 추스를 시간을 줘야지."

"네, 로드."

이 상황에 로이스의 부하가 된 아이리스가 사르곤 제국의 황녀라는 사실까지 알려 주면 아시엘은 그 충격에 쓰러질지도 모른다. 언젠가 알려 주긴 해야겠지만 지금은 때가 아니었다.

그렇게 로이스 일행이 릴리아나의 꽃밭으로 사라지자 아시엘의 앞에는 라테르와 세리나만 남았다.

창백한 표정으로 침묵하고 있는 아시엘. 타르파와 스위니 역시 매우 차가운 표정을 짓고 있었다.

특히 스위니의 눈빛은 증오에 가까웠다. 그녀의 가문 역시 루파인 왕국이 멸망할 때 함께 몰살을 당했기 때문이다.

그녀는 당시 아시엘을 지키기 위해 부모님이 죽어 가는데도 가지 못했다. 물론 그녀가 갔다 해도 결과는 달라지지 않았겠지만, 자신의 가문을 멸망시킨 사르곤 제국에 대한 원한은 한 번도 잊은 적 없었다.

"저자를 이대로 두고 보실 건가요? 당장 목을 쳐서 없애 버려야 합니다."

"……."

아시엘은 여전히 침묵했다. 그녀의 분노로 이글거리는 눈빛만 보면 당장이라도 그러라는 말이 떨어질 듯했다. 그러나 그녀는 분노를 최대한 억누른 채 라테르를 노려봤다.

"나와 화친을 하겠다고 했나요, 라테르 이황자?"

"아시엘 공주! 그대가 무사히 있는 걸 보니 정말 다행이오."

라테르는 아시엘을 다시 만나 기쁜지 희색이 만면했다. 아시엘은 단호하게 손을 들어 그의 말을 막았다.

"쓸데없는 말은 듣고 싶지 않으니 내가 묻는 말에나 대답해요. 화친이라! 그것이 당신의 부친인 이비아스 대제의 뜻인가요? 나칸 또한 같은 생각인지 궁금하군요."

"그건……."

라테르의 표정이 당혹스럽게 변했다. 아시엘이 이토록 단도직입적으로 물어 올 줄은 몰랐기 때문이다.

그는 이내 정색을 하고 말했다.

"솔직히 말하면 아직은 아무것도 확정된 것이 없소. 아니, 부황께서는 여전히 사악한 대마법사 나칸에게 속고 계시오. 하지만 바로 그것 때문에 내가 온 것이오."

그러자 아시엘은 기막힌 듯 한숨을 내쉬었다.

"그런데 무슨 수로 나와 화친을 하겠다는 거죠?"

"그에 대해서는 이미 복안이 있소. 조만간……."

"나는 당신이 이곳을 정탐하러 온 것으로밖에 안 보이는군요."

"그렇게 보일 수도 있음을 인정하오. 하나 내 진심을 믿어 주시오. 난 그대를 보고자 목숨을 걸고 이곳에 왔소. 정녕 내 마음을 모르겠소? 내가 그대를 얼마나 보고 싶어 했는지 말이오."

라테르의 눈빛은 강렬했다. 그러나 아시엘의 눈빛은 차갑기만 했다.

"무슨 망상을 품고 있는지 모르지만 난 그런 치졸한 수법에 넘어갈 만큼 호락호락하지 않아요."

순간 세리나가 성큼 나서며 아시엘을 노려봤다.

"말이 너무 심하구나. 감히 일개 공주 따위가 사르곤 제국의 이황자 전하를 능멸하려 하느냐? 그대는 제국이 두렵지 아니한가?"

"세리나, 너는 나서지 말거라."

라테르가 황급히 만류했지만 세리나는 아시엘을 당장이라도 죽일 듯 사나운 시선으로 노려보고 있었다.

이러면 안 된다는 사실을 그녀는 잘 알고 있었다. 어떤 모욕이든 참아야 하고 반드시 아시엘과 제국이 화친할 수 있도록 도와야 한다는 사실을 말이다.

그러나 그녀에게는 그런 것보다 라테르 황자가 더 우선

이었다. 그가 누구에게든 모욕을 받는 것을 견디기란 쉽지 않았다.

특히나 라테르가 아시엘에게 마치 애정을 구걸하는 듯 비굴한 모습을 보이는 것이 그녀로서는 죽음보다 참기 힘든 상황이었다.

“흥! 여기가 어딘 줄 알고 그딴 망발을 지껄이는 거냐? 감히 용자 아시엘 님을 모욕한 죄, 죽음으로써 다스리겠다.”

화가 잔뜩 난 스위니가 세리나의 목을 단번에 잘라 버릴 심산으로 롱소드를 휘둘렀다.

휙!

그런데 세리나는 코웃음 치며 그녀의 공격을 가볍게 피해 버렸다. 동시에 바람처럼 한 손을 뻗어 스위니의 손에서 검을 빼앗아 들었다.

슥.

이에 당황한 스위니의 목에 검을 가져다 댄 세리나는 차갑게 웃었다.

“고작 그 정도 실력으로 내 앞에서 검을 뽑았는가?”

“너는 누구냐?”

스위니는 이 상황을 믿을 수 없었다. 분명 마나가 봉인되어 있는 상태인데도 이토록 빠른 움직임을 보일 줄이야. 이는 신체의 단련이 가히 극한까지 되어 있음을 의미했던 것이다.

세리나가 오연히 웃으며 말했다.

"나는 카로드 가문의 이녀 세리나 백작이다. 여기 있는 그 누구든 감히 이황자 전하께 무례를 범한다면 내가 절대 가만두지 않을 것이다."

"카로드 가문?"

그 순간 스위니뿐 아니라 아시엘도 깜짝 놀라는 표정을 지었다.

황자 라테르의 이름을 모를 수는 있어도 어찌 카로드 가문의 이름을 모르겠는가.

카로드 공작가!

그곳은 제국 아니, 대륙 최강의 검가였다.

보통의 왕국에선 소드 마스터 하나도 배출하기 어려운데, 제국에는 그런 소드 마스터들조차 평범한 존재로 전락시킬 만큼 초인적인 경지에 이른 이들이 있으니, 그들을 일컬어 그랜드 마스터라 한다.

그 그랜드 마스터가 제국에는 2명이나 있다.

그들 모두가 바로 카로드 공작가의 인물이었으니!

카로드 공작과 루니우스 후작의 이름은 아시엘도 들어본 적 있었다.

그리고 비록 그에 미치진 못하지만 소드 마스터 세리나 백작의 위명 또한 들어 본 적이 있었다.

아시엘이 차갑게 웃었다.

"그대가 그 세리나 백작이군요. 하지만 지금 당장 그 검을 내려놓지 않는다면 후회하게 될 거예요."

창! 차앙! 창창창창!

그 말이 끝나는 순간 성안에 있던 용병 수백 명이 일제히 검을 빼 들었다. 또한 역시 수백 명의 궁병들이 세리나와 라테르를 겨누고 화살을 장전했다.

"세리나, 당장 그 검을 내려놓지 못하겠느냐?"

이에 라테르가 다급히 세리나를 꾸짖었다. 그러자 세리나는 어쩔 수 없다는 듯 검을 쥔 손의 힘을 풀었다.

퍽! 퍼퍽—!

순간 용병들이 달려들어 그녀를 무참히 후려치고는 밧줄로 꽁꽁 묶어 버렸다.

동시에 라테르 황자의 몸도 묶었다.

"이게 무슨 짓이오?"

이에 놀란 라테르가 아시엘을 쳐다보자 그녀는 더 이상 말도 하기 싫다는 듯 고개를 돌리며 말했다.

"저들을 당장 끌고 가 감옥에 가둬요."

"예, 아시엘 님."

우락부락한 인상의 체격 좋은 용병들이 세리나와 라테르를 지하 감옥으로 끌고 갔다.

잠시 후 지하 감옥.

어둡고 기다란 복도. 좌우로는 포로들이 수감된 수많은 방들이 죽 늘어서 있었다.

"우릴 어디로 끌고 가는 것이냐?"

"어디긴 어디야! 바로 감옥이지."

"잠깐! 아시엘 공주를 불러 주게. 그녀와 아직 할 말이 남았다."

"시끄럽다. 입 닥치고 순순히 따라와!"

"감히 내가 누군지 알고 이러느냐? 아무리 포로라 해도 예우를 갖춰 달라."

"흐흐흐, 예우? 우린 그런 거 모른다. 그저 명령받은 대로만 할 뿐이야. 소란 피우다 걸리면 후회하게 될 것이다. 내일부터는 노역에 참여해야 할 것이니 잠이나 푹 자 두도록!"

용병들은 철창을 열고 라테르를 집어넣었다.

"으윽! 이놈들이 감히!"

"흐흑! 전하! 괜찮으세요?"

"괜찮으니 염려 마라."

세리나와 라테르는 각기 다른 방에 수감되었다. 라테르가 있는 곳에는 10여 명의 인물들이 이미 수감된 터였는데, 그들은 막 저녁 식사를 하는 중이었다.

Chapter 2
또 한 명의 상전

오늘 배급받은 음식은 삶은 감자 한 덩이에 배추 반 장!

라테르에게도 그들과 똑같은 음식이 나왔다.

쩝쩝!

모두들 말없이 하루의 고된 노역을 마치고 굶주린 배를 채우고 있었다.

신입이 들어왔건 말건 관심이 없다는 듯.

그런 그들의 모습을 보며 라테르는 쓴웃음을 지었다.

'나보고 이런 곳에서 지내라는 건가? 정말 기막히군.'

그러고 보면 거미줄로 가끔 묶었을망정 로이스가 훨씬 더 인간적으로 대우해 주었다는 생각이 들었다. 게다가 음식도 마찬가지다. 거기선 맛 좋은 생선구이를 실컷 먹을 수 있었으니까.

'큰일이구나. 아시엘이 나를 그리도 적대하고 있을 줄이야.'

라테르는 그가 그런 것처럼 그동안 아시엘도 자신을 보고 싶어 했을 것이라 착각하고 있었던 것이다. 이제야 자신이 허망한 꿈을 꾸고 있었음을 깨달았다.

'이제 이를 어쩐다?'

지금 이대로 감옥에 갇혀 있게 된다면 아시엘과 동맹을 맺고 나칸을 제거하겠다는 계획은 수포로 돌아간다.

물론 여동생 아이리스가 있으니 아직 가능성은 있지만, 그렇다 해도 그 일에 아무런 도움도 못 준 채 이렇게 갇혀 있어야 하다니 답답했다.

"호, 혹시……."

그때 누군가 라테르에게 다가와 떨리는 음성으로 물었다.

"혹시 이황자 전하 아니시옵니까?"

"누군가, 그대는?"

라테르가 고개를 돌려 쳐다보니 꾀죄죄한 몰골의 중년 남자가 격동 어린 표정을 짓고 있었다. 비록 몰골은 추레했지만 눈빛이 강렬한 것이 평범한 자는 아니었다.

"전하! 소신, 세베르 영지의 플레인 백작이옵니다. 저를 몰라보시겠습니까?"

"오! 어찌 그대를 모르겠소, 플레인 백작! 다행히 살아 계셨구려."

"크흑! 죽지 못해 살고 있습니다. 한데 전하께서는 어쩌다 이 험한 곳에……."

"일이 그렇게 되었소."

라테르는 탄식했다. 그러나 플레인 백작에게 섣불리 자신의 의중을 말할 수도 없었다. 그가 나칸의 하수인일 수도 있기 때문이다.

그런데 그때 플레인 백작이 전혀 뜻밖의 말을 했다.

"전하! 우린 모두 대마법사 나칸에게 속고 있었습니다. 아시엘이 마녀라는 소문은 거짓이며, 그녀는 진짜 전설의 용자가 분명합니다. 나칸이야말로 마왕의 하수인! 그의 제자인 비쿠스가 마족을 소환하여 소신은 물론 여기 있는 모든 제국의 기사와 병사들까지 전멸시키려 한 것이 그 증거이옵니다."

"무엇이! 나칸이 마왕의 하수인이라니! 그게 정말이오?"

라테르는 깜짝 놀랐다. 아시엘이 진짜 용자일 수도 있다는 사실은 이제 그 역시 어느 정도 확신하고 있는 터였다. 그러나 나칸이 마왕의 하수인이라는 것은 생각지도 못한 일이었다.

그저 탐욕과 야심이 많은 간웅이라 생각했지 설마 마왕의 하수인일 줄이야.

"그렇다면 큰일이오. 폐하께서 속히 이 사실을 아셔야 할 터인데."

그러자 플레인 백작이 눈물을 흘리며 말했다.

"이렇게 이황자 전하께라도 그 사실을 알려 드리게 되어 얼마나 다행인지 모르겠습니다."

그사이 방에 있던 다른 포로들도 모두 라테르를 향해 부복한 채 공경의 자세를 보였다.

라테르는 두 주먹을 불끈 쥐었다.

"정말 고생들이 많소. 이 모든 건 나를 비롯한 황가의 부덕함에서 비롯된 것! 내 어떻게든 그대들이 이곳에서 나갈 수 있도록 힘을 써 보겠소. 또한 반드시 나칸을 제거하여 제국을 안정시킬 것이오."

"망극하옵니다, 황자 전하."

한편 그때 로이스는 릴리아나와 상봉했다.

꽃밭으로 들어온 순간 사방이 갖가지 색의 꽃들로 뒤덮여 모두의 시야는 물론 청각까지 차단했는데, 로이스는 다른 이들과 달리 릴리아나를 볼 수 있었다. 물론 청각도 그대로였다.

"잘 있있어, 릴리아나?"

"로이스 님, 그사이 또 강해지셨군요. 새로운 부하들도 보이고요. 미스토스도 잔뜩 쌓으셨네요."

무엇보다 미스토스를 많이 쌓은 것에 기뻐하는 릴리아나였다. 로이스는 씩 웃었다.

"마족들을 꽤 죽였거든. 돈도 많이 벌었어. 6천 베카야."

순간 릴리아나의 두 눈이 초롱초롱 반짝였다.

"6천 베카?! 세상에! 그 정도면 한동안 돈 걱정할 필요는 없겠어요. 주릅 상인을 불러 필요한 물건들 좀 사야겠군요. 베카가 많으면 미스토스도 그만큼 절약할 수 있죠. 무엇보다 미스토스로 사기엔 매우 아까운 일상적인 물건들을 마음껏 살 수 있어요."

"알아서 잘 쓰도록 해."

"네, 로이스 님."

로이스는 왠지 뿌듯했다. 그러고 보면 예전에는 매일 돈이 부족하다고 푸념했었는데, 이제는 돈이 남아도는 상황이 된 것이었다.

"참, 저쪽부터 아이리스, 로디아, 스텔라야. 이번에 새로 얻은 부하들이니까 앞으로 잘 챙겨 줘."

"호호! 이미 그녀들을 위해 거처도 짓고 있는걸요. 지금 꽃밭을 새롭게 확장 중이에요."

"그렇구나."

그래서 사방에 꽃들이 난무하고 있었던 것이었다. 이전과 달리 로이스는 새롭게 바뀌고 있는 꽃밭의 정경을 확연히 볼 수 있었다.

"그보다 이것부터 드세요."

릴리아나가 하얀 액체가 담긴 커다란 병을 내밀었다.

"오! 유액이네?"

"한동안 못 드셨을 테니 실컷 드세요."

"후후, 고마워. 잘 먹을게."

로이스는 기다렸다는 듯 병을 입에 대고 벌컥벌컥 마셨다.

[전투력이 소폭 증가했습니다.]

[전투력이 소폭 증가했습니다.]

[최대 맷집과 미흐가 소폭 상승했습니다.]

[최대 맷집과 미흐가 소폭 상승했습니다.]

유액을 모처럼 많이 마셨더니 전투력도 제법 상승했다.

"역시 유액은 언제 마셔도 맛있어."

로이스는 병을 돌려주며 씩 웃었다. 릴리아나는 환하게

미소 지었다.

“그간 고생이 많았으니, 이제 한동안 푹 쉬는 게 어때요?”

“계속 쉬면서 왔는걸. 정령들이 날 도와줘서 힘든 것도 몰랐어.”

“후훗, 거봐요. 정령들을 데려가기 잘했죠?”

“응. 다음 출정에도 정령들을 꼭 데려갈 생각이야.”

“다음엔 중급 정령들로 챙겨 드릴게요.”

“중급 정령? 그것도 가능해?”

“그간 제가 지식의 탑에서 공부를 좀 했거든요.”

순간 로이스의 두 눈이 휘둥그레 커졌다.

“공부? 그런 것도 다했어?”

“물론이죠. 얼마나 열심히 했는데요.”

릴리아나는 마치 자랑하듯 오연히 웃으며 꽃밭의 한쪽에서 빛나는 신비로운 탑을 가리켰다. 로이스는 못 보던 탑이었다.

“저게 지식의 탑인가 보군.”

“수호 요정 전용 탑이에요. 저의 거처이기도 하죠. 거기서 미스토스가 주는 신령한 지식들을 공부할 수 있는데, 일정 지식이 쌓이면 특별한 일을 할 수 있어요. 이를테면 하급 정령들을 중급 정령으로 성장시키는 것도 가능해요.”

로이스는 뭔가 뭉클한 표정을 지으며 고개를 끄덕였다.

"너도 나 못지않게 고생이 많았구나. 공부를 다 하다니."

"로이스 님을 위해 뭐라도 도움이 되려면 놀고만 있을 순 없죠. 호호, 이제 꽃밭 확장이 끝났네요."

릴리아나의 모습이 환영처럼 사라지더니 사방에서 난무하던 꽃송이들도 흩어졌다.

그로 인해 가려져 있던 시야가 훤히 드러났다.

"아!"

"여긴?"

아이리스 등은 난생처음 보는 신기한 꽃밭의 정경에 놀라 입을 다물지 못했다.

아스피스 성만 해도 황량한 샤론 대륙에 어울리지 않게 아름다웠다.

그러나 지금 눈앞에 펼쳐진 가지각색의 꽃들의 세계는 그와는 완전히 차원이 다른 새로운 세상이었다.

하늘을 새처럼 날고 있는 커다란 꽃봉오리들!

그 안에는 바람의 정령들로 보이는 아름다운 소녀들이 느긋하게 앉아 아래를 내려다보고 있었다.

보석처럼 반짝이는 호수에는 물의 정령들이 헤엄을 치고 있었고, 땅의 정령들은 널찍하게 펼쳐진 밭에서 부지런히 뭔가를 캐고 있었다. 밭에는 웬만한 인간의 키보다도 훨씬 큰 가지각색의 버섯들, 여러 약초들과 야채들이 풍성했다.

그뿐이 아니다. 여러 채의 신비로운 저택들도 보였다.

특히 중앙에 있는 궁전은 갖가지 이름 모를 보석들로 치장되어 있었는데 무척이나 화려했다.

사르곤 제국 황궁에도 많은 궁전들이 있다. 규모를 따지면 그곳의 궁전들이 훨씬 거대했다. 그러나 신비함이나 화려함으로 따지면 그 어떤 곳도 이곳 궁전이나 저택들에 비할 수 없었다.

"와아!"

"여기는 대체 어딘가요?"

아이리스와 로디아, 스텔라 모두 놀라 입을 다물지 못했다.

무슨 말로만 듣던 천상의 세계가 이러한 것일까 싶을 정도였다.

로이스가 미소 지었다.

"여긴 릴리아나의 꽃밭이야."

"릴리아나?"

"꽃밭?"

"응. 잠시 후면 릴리아나가 알아서 너희들을 챙겨 줄 거야. 난 낚시나 하고 있을 테니 푹 쉬도록 해."

로이스는 차원의 낚시터로 향했다. 그사이 차원의 연못도 폭이 좀 넓어진 상태였다.

'어? 낚싯대가 바뀌었네?'

원래는 투박하게 생긴 평범한 낚싯대였는데 지금은 은빛을 띠는 매끈한 모양의 낚싯대로 바뀌었다. 찌 또한 루비처럼 반짝이는 붉은 깃털로 만들어져 있어 뭔가 그럴듯했다.

* 숙련 낚시꾼의 은빛 낚싯대

—등급 : 영웅

—내구도 30/30

—차원의 낚시터에서 낚시를 할 수 있음.

—미끼가 필요 없으며, 낚싯대를 던지면 자동으로 낚시가 시작됨. 투박한 차원의 낚싯대에 비해 입질이 빠름.

—낚싯대를 던질 때마다 내구도가 1 소모되며, 내구도가 0이 되면 더 이상 낚시를 할 수 없음.

설명을 보니 이제는 하루에 무려 30번씩 낚시를 할 수 있게 되었다.

물고기를 잡는 재미도 좋지만, 그보다는 마법 저항력 증가가 더 중요하다.

'잘됐어. 꽃밭에 있는 동안에는 낚시를 빠뜨리지 말아야지.'

조만간 사르곤 제국으로 출정을 갈 수도 있다. 혹은 마족이 있는 숲이나 던전으로 갈 수도 있겠지만, 그때까지는 매일 낚시를 열심히 할 생각이었다.

휙!

곧바로 로이스는 자리를 잡고 앉아 낚싯대를 던졌다.

잠시가 지나자 낚싯대에 진동이 왔다.

푸득! 푸드득!

푸른색으로 번쩍이는 작은 물고기가 잡혔다.

[하늘빛 차원어를 낚았습니다.]

[당신의 마법 저항력이 대폭 상승했습니다.]

[당신의 낚시 능력이 6단계가 되었습니다.]

* 하늘빛 차원어

—등급 : 영웅

—원산지 : 하디오스 대륙 라임강

—아름다운 하늘빛의 소형 물고기로 생선 요리의 재료로 쓰이며 맛이 아주 좋음.

—요리를 만들어 섭취 시 전투력이 영구적으로

소폭 증가함.

"오호!"

로이스는 환호했다.

"신기하게 생겼네."

이 영웅 등급의 하늘빛 차원어라는 물고기로 요리를 만들어 먹으면 맛도 좋을 뿐 아니라, 전투력이 소폭이나마 증가한다고 하니 이게 웬 떡인가 싶었다.

"당장 요리해 드릴까요, 로이스 님?"

"응. 부탁할게."

퓨리를 비롯한 정령들이 로이스 옆에 대기하고 있다가 하늘빛 차원어를 맛있게 구웠다.

지글지글!

맛 좋게 익은 하늘빛 차원어를 바라보며 로이스는 흡족한 듯 미소를 지었다.

"냄새 죽이는걸."

유액을 실컷 마셔 배가 부르긴 했지만, 생선구이를 먹을 배는 충분히 남아 있다.

"냠냠! 유액은 유액이고 고기는 고기지. 얼마든지 먹을 수 있다고! 쩝쩝!"

작은 물고기였지만 의외로 구워 놓으니 제법 통통했다.

맛은 쫄깃하면서도 구수한 것이 기막혔다.

꺼억!

로이스는 순식간에 구운 하늘빛 차원어를 먹어 치웠다.

[전투력이 소폭 상승했습니다.]

[최대 맷집과 최대 미흐가 소폭 상승했습니다.]

"후후, 바로 이거야."

지금껏 유액 말고 뭔가를 먹었을 때 전투력이 오르는 건 이 하늘빛 차원어가 처음이었다.

"그럼 계속 또 낚시를 해 볼까?"

로이스에게는 이 낚시야말로 최고의 휴식이었다.

낚시를 즐기며 마법 저항력도 올리고, 맛있는 생선도 구워 먹고, 운 좋으면 또 전투력도 상승한다. 세상에 이보다 더 신나는 휴식은 없으리라.

한편 그사이 아이리스와 로디아, 스텔라는 자신들의 앞에 나타난 환상적인 모습의 여성을 보고 깜짝 놀랐다.

여자인 그녀들로서도 눈이 확 떠질 만큼 신비로운 자태를 가진 존재!

백금빛으로 반짝이는 머리카락!

그 아래 눈송이처럼 하얀 피부를 가진 그녀로부터 은은하게 꽃향기가 피어 나왔다.

"당신은 누구죠? 인간이 맞나요?"

"혹시 당신이 릴리아나?"

아이리스와 스텔라가 물었다. 릴리아나가 미소 지었다.

"난 릴리아나. 로이스 님의 수호 요정이에요. 새로 로이스 님의 부하가 된 그대들을 환영해요."

"꽃의 요정이라고요?"

"전설의 수호 요정이라니! 놀랍군요."

아이리스와 로디아 또한 꽃의 요정에 대한 전설을 알고 있었다.

물론 고대 샤론 대륙의 전설과 같은 희귀한 책을 통해서였다. 둘 다 독서광이다 보니 황궁 도서관이나 마탑 도서관에 있는 웬만한 책들은 다 읽었던 것이다.

그러나 그녀들이 알고 있는 꽃의 요정에 대한 전설은 그저 일면에 불과할 뿐, 릴리아나는 그녀들이 상상하는 범주를 초월하는 존재였다.

'무엇 때문인지 모르지만 릴리아나의 말을 거역하면 큰일이 벌어질 것 같구나.'

'도무지 항거할 수 없는 신비한 분위기를 갖고 있어.'

'뭐지? 이건 또 한 명의 상전인 것이야?'

아이리스, 로디아, 스텔라는 각각 릴리아나를 보며 공통적인 느낌을 받았다.

앞으로 그녀의 말을 잘 들어야 하겠다는 것!

아니나 다를까?

방금 전까지 매우 온화한 분위기로 자신을 소개하던 릴리아나가 돌연 서릿발같이 차가운 표정으로 아이리스 등을 노려보며 말했다.

"잘 알겠지만 그대들이 로이스 님의 부하가 된 이상 그분께 어떤 불손한 행동도 해서는 안 돼요. 만일 그런 일을 하다가 적발될 경우 어떤 불상사가 벌어질지는 상상에 맡기도록 하죠. 내 말 무슨 뜻인지 이해했나요?"

"그건 염려 말아요."

"그런 일은 없으니 겁주지 말아요."

"알아들었어요."

아이리스 등은 바짝 긴장했다. 처음부터 뭔가 기강을 잡으려는 모양인지 릴리아나의 표정이 심상치 않았던 것이다.

그러나 이내 릴리아나는 언제 그랬냐는 듯 활짝 웃었다.

"그러나 그것만 조심하면 나와 얼굴을 붉힐 일은 없어요. 오히려 그대들이 지내는 데 불편함이 없도록 최대한 지원을 아끼지 않을 거예요."

그 말과 함께 릴리아나는 중앙의 궁전을 가리켰다.

"저곳은 로드이신 로이스 님의 거처에요. 그리고 그 옆에 황금빛 지붕의 저택은 아이리스, 그대가 거처할 곳이에요."

"아! 그렇군요."

황금빛 지붕을 가진 여러 채의 집으로 이루어진 화려한 저택.

넝쿨로 이루어진 담장마다 형형색색의 아름다운 꽃들이 피어 있었다.

대문 앞에는 소녀 형상의 정령 하나가 아이리스에게 환한 웃음을 보냈다.

"아이리스 님을 모시게 되어 반가워요. 저는 물의 정령이며 넬리라고 해요. 릴리아나 님의 명령을 따라 이 저택의 집사가 되었어요. 뭐든 필요한 건 저에게 말씀해 주세요."

"반갑구나, 넬리."

아이리스의 두 눈이 호기심으로 반짝였다. 그녀가 아무리 황녀였어도 정령을 시종으로 두어 본 적은 없었으니까.

계속해서 릴리아나는 로디아가 머물 저택을 알려 줬다.

"로디아, 그대의 집은 저기 초승달이 보이는 탑이에요."

"아! 정말 멋져요."

로디아는 탄성을 질렀다. 오렌지빛을 띠는 초승달 형상

의 건물이라니!

멀리서 볼 때는 초승달 부분만 빛나지만 가까이 가면 감춰진 부분이 드러나 보였다.

마찬가지로 그곳에는 잔잔한 미소를 머금고 있는 소년 형상의 정령이 서 있었다.

"어서 오세요, 로디아 님. 저는 집사 제르에요. 이 안에는 마법을 연구하기에 좋은 시설이 갖춰져 있죠. 앞으로 뭐든 필요하시면 절 불러 주세요."

"반가워, 제르."

로디아는 제르가 바람의 정령임을 한눈에 알아봤다. 제르는 빠른 속도로 움직이며 그녀의 연구에 필요한 것들을 가져다주는 조수 역할도 할 것이 분명했다.

그때 릴리아나가 다시 말했다.

"스텔라, 그대의 집은 저기 별 모양의 저택이에요."

"고마워요, 릴리아나 님."

스텔라의 두 눈도 빛났다. 반짝이는 별 모양으로 구성된 다섯 개의 전각!

그 중앙은 넓은 수련장의 형태로 되어 있어 스텔라의 마음에 쏙 들었다.

대문 앞엔 커다란 덩치를 가진 땅의 정령이 머리를 긁적이며 서 있었다.

"헤헤! 저는 집사 단크입니다. 스텔라 님이 원하시는 수련장을 언제든 만들어 드릴 수 있죠. 언제든 저를 불러 주세요."

"잘 부탁해, 단크."

스텔라는 단크가 한눈에 마음에 들었다. 땅의 정령답게 갖가지 형태의 수련장을 금세 만들어 낼 수 있는 것 때문이었다.

'신기해. 어떻게 내가 좋아하는 걸 알았을까?'

그녀는 아무 말도 하지 않았는데 릴리아나가 알아서 그녀에게 딱 맞는 방식의 저택과 집사까지 제공해 준 것이다.

그것은 아이리스와 로디아 역시 깜짝 놀라는 부분이었다.

그녀들뿐 아니다.

라크아쓰의 동굴 역시 입구는 투박해 보이지만, 안쪽으로 들어가면 네이더들이 가장 편하게 지낼 수 있는 이상적인 공간으로 되어 있다.

또한 마족 란델의 동굴 역시 안으로 들어가면 그가 본래 지내던 마굴 형태로 만들어져 있었다.

모두에게 최상의 휴식처이자 동시에 능력을 성장시킬 수 있는 수련의 장소까지 겸비된 장소를 릴리아나가 알아서 제공해 주는 것이다.

그것은 단순히 미스토스의 신비한 힘 때문이 아닌, 수호 요정 릴리아나가 가진 고유한 능력 때문이었다.

다음 날 아침 아이리스와 로디아는 각자 자신들의 집에서 푹 쉰 후 아침 일찍 밖으로 나왔다.

그리고는 조심스레 꽃밭을 나섰다.

릴리아나가 특별한 일이 없을 땐 언제든 꽃밭의 결계를 나가 아스피스 성에서 산책을 즐겨도 좋다고 했기 때문이었다.

“오라버니께서 어찌 되었는지 알아봐야겠어. 그리고 아시엘을 만나 우리의 계획을 알려야 해.”

“네, 마마. 저 또한 그 생각이에요.”

꽃밭의 결계 바깥은 울창한 숲으로 이루어져 있었다.

이 숲 사이로 난 길을 따라 잠시 걸어가면 아스피스 성의 광장으로 이어진 길이 나타났다.

숲에는 귀여운 토끼의 귀를 가진 이꼬트들이 돌아다니고 있었는데, 그들은 그녀들을 보자 모두 반갑게 손을 흔들며 인사했다.

“안녕하세요.”

“반가워요.”

그러자 아이리스와 로디아도 손을 흔들어 주었다.

"반가워. 너희들은 누구지?"

"아린이라고 해요."

"저는 디안이에요. 이번에 새로 연 카페가 있으니 언제든 들러 주세요."

그 말과 함께 디안이 아이리스와 로디아에게 뭔가를 내밀었다.

"이게 뭐지?"

"꽃떡이에요."

잎사귀를 열어 보니 하얀 떡에 꽃잎이 붙여져 있었다. 아이리스는 감탄했다.

"예쁘구나. 향기가 나는걸."

"맛도 아주 좋아요. 카페에서 팔고 있으니 언제든 이용해 주세요."

"응, 꼭 가 볼게."

아이리스와 로디아는 이꼬트들이 준 꽃떡을 오물거리며 광장으로 향했다.

그러자 뿔테 안경을 쓴 웬 인상 좋은 청년이 나타나 그녀들에게 말을 걸었다.

"오! 로이스 님의 부하들이시군요. 아스피스 성의 집사인 타르파입니다. 어제는 경황 중이라 인사를 못 했군요. 성에 오신 것을 진심으로 환영합니다."

아이리스와 로디아는 반색했다. 그렇지 않아도 아시엘을 만나고 싶었는데 성의 집사를 만났으니 잘됐다 싶었다.

"반가워요, 타르파 집사님. 난 아이리스라고 해요. 용자 아시엘 님을 뵙고자 하는데 가능할까요?"

"하하, 물론입니다. 저를 따라오십시오."

로이스의 부하인 아이리스와 로디아는 아스피스 성에서 특급 귀빈 대우를 받았다.

따라서 별다른 절차 없이도 용자이자 아스피스 성의 성주인 아시엘을 만날 수 있었다.

한편 그때 아시엘은 그녀의 집무실에서 눈을 감고 명상 중이었다.

뭔가 특별한 목적이 있어서라기보다는 들끓는 분노를 진정시키기 위함이었다.

'참아야 해, 아시엘. 절대 감정대로 행동해서는 안 돼.'

그녀는 생각 같아서는 당장이라도 라테르 황자의 목을 치고 싶었다.

그러나 사르곤 제국과의 전쟁을 앞두고 있는 지금 이황자는 인질로서 매우 높은 가치가 있었다.

잘하면 사르곤 제국에 노예로 끌려간 루파인 왕국의 백성들 중 상당수를 이곳 아스피스 성으로 데려올 수도 있을 것 같았다.

따라서 섣불리 감정적으로 행동해서는 안 되는 것이다.

'복수가 우선이 아니야. 백성들을 구해야 해. 또한 무고한 피를 흘려선 안 돼.'

용자는 마왕으로부터 인간들을 지키기 위한 수호자다.

같은 인간들을 징벌하기 위한 징벌자가 아닌 것이다.

"아시엘 님! 아이리스 경과 로디아 경이 찾아왔습니다."

그때 집무실 밖에서 타르파가 문을 두드리며 외치는 소리가 들렸다. 아시엘은 고개를 갸웃했다.

"그들이 누구죠?"

"로이스 님의 새 부하들입니다."

"아, 어서 모시세요."

아시엘은 금세 평소의 밝은 표정으로 돌아왔다. 로이스의 새 부하들이라면 앞으로 그녀에게도 매우 큰 도움을 줄 것이 분명했기 때문이었다.

"만나 뵙게 되어 영광이에요, 아시엘 님. 저는 아이리스라고 합니다."

"로디아예요. 전설로만 듣던 용자를 뵙게 되어 영광입니다."

"아시엘이에요. 아스피스 성에 오신 걸 환영해요."

아시엘이 빙긋 미소 지었다. 그러나 그녀는 속으로 아이리스 등의 정체가 궁금했다. 인간의 모습을 하고 있지만 마족일 수도 있으며, 혹은 또 다른 이종족일 수도 있기 때문이다.

그런 아시엘과 달리 아이리스는 적지 않게 긴장한 터였다.

라테르 황자가 어제 곧바로 감옥에 갇혔다는 말을 방금 전 타르파에게 들었기 때문이었다.

'역시 우려했던 대로야.'

아시엘이 그처럼 나온 것은 당연한 일이다. 아이리스 역시 자신이 그 입장이었으면 그보다 더했을 것이라 생각했다.

하지만 이제 어떤 식으로든 아시엘을 설득하지 않으면 라테르 황자는 물론이요, 제국의 운명도 어찌 될지 알 수 없게 된다. 그녀는 곧바로 아시엘을 바라보며 말했다.

"아시엘 님, 저는 로드이신 로이스 님의 부하이지만, 동시에 사르곤 제국의 황녀예요. 당신이 감옥에 가둔 라테르 황자의 여동생이죠."

Chapter 3
마검 다켈

"뭐라고요? 지금 뭐라 했죠? 당신이 사르곤 제국의 황녀?"

아시엘은 깜짝 놀란 듯 두 눈을 크게 뜨고 아이리스를 노려봤다. 아이리스는 고개를 끄덕였다.

"네, 맞아요."

"그런데도 감히 어떻게 내 앞에! 그대는 내가 그리 우습게 보이나요?"

아시엘은 무척이나 분노한 듯 안색이 붉게 상기되어 있었다.

그런 그녀로부터 피어나는 알 수 없는 위엄과 기세!

그것은 아이리스와 로디아에게도 두려움을 줄 만큼 강력했다.

'놀랍구나. 이게 바로 용자의 기세인 것일까?'

결코 소국의 공주 정도가 낼 수 있는 위엄이 아니었다. 황녀인 그녀는 물론이고 황제라 해도 흉내 내기 힘들 정도였다.

물론 로이스는 이보다 훨씬 강력하지만, 그가 가진 기세는 용자와는 다른 유의 것이었다.

"아시엘 님! 당신이 지금 어떤 기분인지 짐작합니다. 당장이라도 저를 가두거나 죽이고 싶겠죠. 하지만 전 그런 위험을 감수하고 당신을 찾아왔어요. 저를 죽일 때 죽이더라도 일단 제가 하는 말을 먼저 들어 줬으면 해요."

"……."

아시엘은 잠시 침묵했다. 라테르 황자였다면 더 이상 들어 볼 것도 없었을 것이다. 그러나 아이리스는 로이스의 부하인 터라 그녀가 함부로 할 수 없었다.

"내게 무슨 말이 하고 싶은 거죠?"

"사르곤 제국은 사실상 대마법사 나칸에게 장악되어 있어요. 그는 당신을 용자가 아닌 마녀라 몰아붙이고, 당신이 백성들을 현혹해서 장차 제국에 반역을 꾀할 것이라며 황제 폐하를 속이고 있어요."

"그래서 모든 게 나칸 때문이라고 변명하러 온 것인가요?"

아시엘 또한 나칸이 모든 일의 배후에 있다는 사실쯤은 충분히 짐작하고 있었다. 그러나 그렇다고 해서 사르곤 제국의 황궁이 그 일에 대한 책임을 회피하려 한다면 절대 용납할 수 없었다.

아이리스는 무슨 말이냐는 듯 고개를 흔들었다.

"그럴 리가요. 설사 모든 것을 나칸이 꾸몄다 해도 사르곤 제국은 그 일에 대한 분명한 책임을 져야 한다고 생각해요. 또한 반드시 그리되도록 할 것이고요."

"어떤 식으로 책임을 진다는 거죠?"

"포로들을 모두 귀환시키고, 약탈한 모든 재물은 물론 그에 더해 합당한 보상금을 지급하겠어요. 또한 이후로 영원히 루파인 왕국과 평화 동맹을 체결할 거예요. 그 외에도 당신이 원하는 것이 있다면 최대한 들어줄 생각이죠."

뜻밖의 제의에 아시엘은 의외란 듯 놀란 표정을 지었다.

지금 말한 것은 사르곤 제국에서 해 줄 수 있는 최대한의 보상일 것이다.

그러나 사르곤 제국에서 과연 저리 나와 줄 것인지는 의문이었다. 그야말로 현실성이 매우 떨어지는 망상과 같은 얘기였다.

"믿기 힘들군요. 당신의 말을 뭐로 보장하죠?"

"염치없는 말이지만 아직 아무것도 확정된 건 없어요. 다만……."

곧바로 아이리스는 얼마 전 로이스에게 말했던 자신의 계책을 말했다.

조만간 이곳으로 몰려올 원정군의 총사령관인 황태자를 설득해 제국과 용자의 동맹 관계를 구축하겠다. 그리고 그에 대한 견제와 방해를 해 올 나칸을 로이스가 나서서 독자적으로 제거하면 된다는 내용이었다.

"……."

아시엘은 그에 대해 골똘히 생각해 보았다. 감정만 따지면 철천지원수인 제국과 동맹을 맺는다거나 하는 건 하고 싶지 않았다.

그러나 백성들을 생각하면 그런 사적인 감정은 내려놓아야 했다. 전쟁은 무고한 백성들의 피를 부르기 때문이다.

그녀는 다른 그 무엇보다 사르곤 제국에서 노예로 살고 있는 루파인 왕국의 백성들을 무사히 구해 내고 싶었다.

'그것을 위해서라면 복수도 잊을 수 있어.'

아시엘은 조금 밝아진 표정으로 말했다.

"그대의 말대로만 된다면 나 또한 더 이상 제국과 적대하고 싶은 생각은 없어요. 특히 로이스 님이 나서 주신다면 나칸을 제거하는 것도 어렵지 않겠죠."

"제 뜻을 이해해 주셔서 감사해요, 아시엘 님."

"다만 난 아직도 확신하기 어렵군요. 그대가 정말로 황태자를 설득해 나와 동맹을 맺게 할 수 있을 것인지, 또한 그대의 부황이 진정으로 내게 사과하고 모든 보상을 해 줄지, 지금으로서는 왠지 가능성이 희박해 보여요."

"가능성은 충분해요. 그분들도 무의미한 전쟁을 원하지는 않을 테니까요."

아이리스는 무엇보다 무고한 백성들이 피를 흘리지 않게 하겠다는 사명감에 차 있었다. 아시엘이 미소를 지었다.

"그대의 그 뜻은 나와 다르지 않군요. 나 또한 가능하면 제국과의 전쟁은 피하고 싶어요. 나의 적은 따로 있으니까요."

"제가 목숨을 걸고 반드시 전쟁을 막을 거예요."

"그렇게 말하니 신뢰가 가는군요. 그럼 가장 먼저 루파인 왕국의 백성들부터 풀어 주세요. 그들이 타국으로 끌려가 비참하게 노예 생활을 하고 있는 걸 생각하면 지금도 잠을 이룰 수 없군요."

"반드시 그리할 것이니 심려 마세요."

루파인 왕국은 제국에 비하면 아주 작은 나라다. 본래 백성의 숫자를 다 합쳐도 몇만이 되지 않을 만큼.

그러나 그중 많은 이가 죽었고 지금 노예로나마 살아 있는 이는 불과 1만도 되지 않을 것이다. 아시엘은 그들을 이미 폐허가 된 루파인 왕국이 아닌 이곳 아스피스 성으로 불러 정착시킨 후 지켜 줄 생각이었다.

미스토스로 성을 그만큼 확장시키는 건 이제 어려운 일이 아니었으니까.

그때 아이리스가 눈을 빛내며 말했다.

"이 일이 성사되려면 저의 둘째 오라버니의 힘도 필요해요. 그분이 함께해야 황태자 전하를 수월하게 설득할 수 있거든요. 또한 황궁 내 반대 세력들을 물리치고 뜻을 하나로 규합할 수 있어요."

아시엘은 고개를 끄덕였다.

"무슨 말인지 알겠어요. 그대의 말로 인해 라테르 황자에 대한 오해도 풀렸으니 그를 더 이상 가둘 이유가 없지요."

"배려 잊지 않겠어요."

아이리스는 비로소 안도했다. 아시엘이 타르파를 향해 말했다.

"타르파! 지금 즉시 라테르 황자와 세리나 백작을 감옥에서 풀어 주세요. 이제부턴 그들을 포로가 아닌 사신으로 대우해 주도록 해요."

"예, 아시엘 님. 하지만 마나의 봉인은 그대로 두어야 합니다. 그들이 아무리 사신이라 해도 무시 못 할 무력을 가지고 있는 이상 어쩔 수 없는 조치입니다."

"일리 있는 얘기군요. 그건 그대의 뜻대로 하세요."

"알겠습니다. 그런데 플레인 백작 등은 어찌할까요?"

아시엘과 아이리스가 뜻을 같이한 이상 제국의 귀족인 플레인 백작과 그의 부하들을 가둬 놓는 것도 의미 없는 일이었다.

그러나 아시엘은 단호히 손을 흔들었다.

"당분간 그대로 두세요. 그들은 아스피스 성을 공격해 왔고 우리에게 패배한 포로들이에요. 라테르 황자와는 다른 경우이죠."

"그럼 라테르 황자와 세리나 백작만 감옥에서 풀어 주겠습니다."

타르파는 고개를 숙인 후 사라졌다. 아이리스가 놀란 표정을 지었다.

"플레인 백작과 그의 부하들이 포로로 잡혀 있었군요."

"그들을 풀어 주지 않는다고 섭섭해하지 말아요. 협상이 제대로 이루어진다면 때를 보아 풀어 주도록 하겠어요. 물론 그에 대한 보상은 다른 문제겠지만."

"물론이에요. 포로들을 돌려주신다면 후한 보상을 아끼지 않을 거예요."

아이리스는 아시엘이 결코 호락호락한 인물이 아님을 몇 번이고 실감했다.

잠시 후 타르파의 명령을 받은 용병들이 라테르가 갇혀 있는 철창을 열며 말했다.

"나오시오. 당신을 풀어 주라는 명을 받았소."

"오! 그게 정말이오?"

"그렇소. 어서 나오시오."

"저들은? 저들은 어찌 되는 것이오?"

라테르는 플레인 백작과 그의 부하들을 가리켰다. 용병들은 인상을 굳혔다.

"그건 나도 모르오. 이 방에서는 당신 혼자만 풀어 주라 하셨소. 저들은 곧 노역을 나가야 하니 당신이나 어서 빨리 나오시오."

그러자 플레인 백작이 밝게 웃으며 말했다.

"전하! 신들은 염려치 마시고 속히 나가소서. 전하만이라도 이 감옥에서 나갈 수 있다면 신들은 어찌 되든 상관없습니다."

"잠시만 기다리시오. 내 어떻게 해서라도 그대들 역시 나오게 해 주겠소."

라테르는 부하들을 두고 자신만 나가는 것이 몹시 비통

했다. 다행히 세리나 역시 철창에서 나와 있었다.

"전하, 괜찮으세요?"

"난 괜찮다. 그보다 몸은 좀 어떠냐?"

어제 세리나는 스워니의 검을 빼앗으며 저항하다가 병사들에게 적지 않게 맞은 터였다. 따라서 여전히 그녀의 몸은 상처투성이였다.

그러나 세리나는 아무런 내색도 하지 않았다.

"검술 수련을 하다 보면 매일 이 정도 상처는 기본이죠. 그냥 놔두면 하루도 안 되어 말끔히 나을 거예요."

"그렇다면 다행이다만."

그때 앞서가던 용병이 커다란 철문을 열었다.

끼이익.

환한 빛이 밀려와 어둠을 몰아냈다. 라테르와 세리나는 눈이 부셔 잠시 눈을 감았다 떴다.

그때 감옥의 철문 밖에 서 있던 아이리스와 로디아가 반색했다.

"오라버니!"

"황자 전하!"

"오! 아이리스! 네가 또 나를 구해 줬구나."

"고초가 많으셨군요."

어두컴컴한 동굴 같은 감옥에서 고작 하룻밤을 지낸 것

뿐이었지만 라테르와 세리나의 몰골은 말이 아니었다.

순간 타르파가 한 손을 앞으로 슥 뻗으며 말했다.

"라테르 황자님과 세리나 백작님, 그대들은 이제부터 사신으로서의 대우를 받게 될 것입니다. 다만, 성을 나설 때까지 마나의 봉인은 유지할 것이니 그 점 양해 부탁드립니다."

그 말이 끝나는 순간 타르파의 손에서 환한 빛이 쏟아져 나와 라테르와 세리나의 몸을 휘감았다.

화아아악!

그러자 라테르와 세리나의 몸에 묻어 있던 지저분한 먼지들이 사라졌다. 또한 세리나의 상처들도 말끔히 치료되었다.

"오!"

"이제 살 것 같군요."

라테르와 세리나의 안색이 환해졌다. 막 세리나를 향해 치유 마법을 펼치려던 아이리스는 타르파가 먼저 그녀를 치료해 주자 놀랐다.

단순히 상처 치료만이 아니라 몸과 옷을 깨끗하게 해 주는 신비한 마법!

"멋진 마법이군요, 타르파 님."

"아직 많이 부족합니다, 하하하."

타르파는 씩 웃고는 다시 한번 손을 슥 휘저었다.

그러자 라테르와 세리나의 몸에 환한 빛이 휘돌기 시작했다.

"그 빛은 당신들이 본 성의 귀빈임을 의미하는 표식이니 모두들 정중히 대해 줄 것입니다. 성의 어디든 갈 수 있지만, 밖으로 나가는 건 안 됩니다. 또한 동쪽 숲에 있는 꽃밭 쪽으로는 갈 수 없으니 주의해 주세요. 숙소는 광장 남쪽에 있는 영빈관이니, 그곳에서 머무르면 됩니다. 그밖에 필요한 용무가 있으면 저를 찾아 주십시오."

타르파는 그 말을 마치고는 바쁜지 환영처럼 사라졌다.

동시에 감옥 앞에 있던 용병들이 라테르와 세리나를 향해 정중히 고개를 숙였다.

"하루 동안 고생하셨습니다. 그럼 살펴 가십시오."

우락부락한 인상을 지으며 시종 딱딱하게 굴던 이들이 이토록 정중한 태도를 보일 줄이야.

아이리스가 웃었다.

"언제까지 감옥 앞에 서 계실 건가요? 광장 쪽에 이꼬트들이 멋진 카페를 열었다고 했어요. 그곳에 가서 앞으로의 계획을 논의하도록 해요. 오라버니께 알려 드릴 것들도 많아요."

"그러자꾸나. 나 또한 감옥에 있으면서 나칸에 대한 매우 중요한 비밀을 들었으니 그에 대해 알려 주마."

아이리스와 라테르 등은 광장 쪽으로 향했다.

그러다 문득 라테르가 물었다.

“성 밖으로 나가는 걸 통제하는 건 이해가 되는데 동쪽 숲의 꽃밭은 왜 가지 말라는 것일까? 혹시 너는 그에 대해 아는 게 있느냐?”

“그야 그곳이 금지 구역이기 때문이죠. 로이스 님이 그곳에 계시거든요.”

“그래? 그가 그곳에 있다고?”

라테르는 로이스가 꽃밭에서 살고 있다는 말이 잘 이해가 되지 않았다.

물론 로이스의 외모는 여자들보다 아름답다고 느껴질 정도로 신비롭긴 하다. 하지만 아무리 그렇다 해도 꽃밭에서 살고 있다니 말이나 되는가?

“그곳에는 말 그대로 신세계가 펼쳐져 있죠.”

“신세계? 그토록 대단한 곳이라는 말이냐?”

라테르가 놀라자 아이리스가 미소 지었다.

“황궁보다 멋져요. 비교할 수 없을 정도죠. 하지만 오직 로드의 권속들만 출입이 가능한 곳이라 오라버니께 보여드릴 수는 없어요. 그냥 멋진 곳이라고만 알고 계세요.”

“하하, 알았다. 여하튼 네가 아주 잘 지내는 듯하니 다행이구나.”

그사이 그들은 광장에 도착했다. 그리고 한눈에 보기에도 카페임을 알 수 있는 귀엽고도 예쁜 건물을 발견했다.

지붕이 푸른색의 커다란 잎사귀 형상으로 만들어진 2층 건물.

문 앞에서 귀여운 토끼 귀를 가진 이꼬트들이 라테르 등을 향해 공손히 허리를 숙였다.

"어서 오세요."

"환영합니다."

그렇게 환대를 받으며 들어가 창가 쪽 테이블에 앉자 아까 봤던 소녀 이꼬트가 나타나 빙그레 웃었다.

"와 주셨군요. 환영해요. 오늘은 첫날이라 모든 메뉴가 무료예요. 물론 두 가지밖에 없지만, 앞으로 메뉴는 더 많아질 거예요."

"두 가지 메뉴가 뭐지?"

"꽃떡과 이슬차에요."

꽃떡은 아까 봤던 하얀 떡에 꽃잎을 붙인 것이었다. 그리고 이슬차는 잎사귀를 말아 놓은 것과 같은 찻잔에 시원한 물이 들어 있었다.

마셔 보니 정신이 맑아지며 온몸이 개운해지는 신비한 효능이 느껴졌다.

"멋진 차구나. 앞으로 자주 이용하게 될 것 같다."

디안이 기쁜 듯 밝게 웃었다.

"정말로 단골이 되어 주실 건가요? 꽃떡은 네 개에 1가디. 이슬차는 한 잔에 1가디니 많이 이용해 주세요."

"가디? 그건 뭐지?"

"돈이에요."

"돈? 그럼 화폐를 말하는 거니? 혹시 이런 것?"

아이리스는 돈주머니에서 금화와 은화를 꺼내 보였다. 둘 다 사르곤 제국에서 발행한 것으로 라키아 대륙의 공용 화폐이기도 했다.

"그런 건 여기서 받지 않아요. 하지만 베카와 가디가 돈인 건 맞아요."

아이리스는 물론이고 로디아와 라테르 등도 고개를 갸웃했다. 그들로서는 처음 들어 보는 화폐였기 때문이다.

그러다 문득 로디아가 눈을 빛냈다.

"그러고 보니 기억나는군요. 샤론 대륙에서는 골드나 실버가 아닌 베카와 가디라는 화폐를 사용하는 자들이 있다고요."

"맞아. 고대 용자의 전설 편에 그런 내용이 있었긴 했어."

아이리스도 무릎을 탁 치며 말했다. 설마 책에서 봤던 그 신비한 화폐를 이곳에서 쓰고 있을 줄은 미처 생각지 못했던 것이다.

라테르 또한 기억이 나는지 고개를 끄덕였다.

"나 또한 소설책에서 보긴 했다. 여기가 용자의 성이니 그 괴상한 화폐를 사용하는 게 분명해."

"우린 그 화폐가 없으니 내일부터는 이 카페에 오고 싶어도 오지 못하겠어요."

아이리스가 쓴웃음을 지었다. 그런데 그때 로디아가 돌연 주머니에서 뭔가를 꺼냈다.

반짝이는 보라색의 작은 보석!

"혹시 이게 그 베카 혹은 가디라는 화폐가 아닐까요?"

그것은 오늘 아침 집사 제르가 건네준 주머니에 들어있던 보석이었다. 모두 5개가 들어 있었다.

아이리스가 눈을 크게 떴다.

"그 주머니는 나도 받았어. 릴리아나 님이 보내신 거라고 넬리가 건네줬거든. 앞으로 매달 그만큼씩 받게 될 거라고 했는데?"

그러자 테이블 앞에 서 있던 디안이 놀란 표정으로 말했다.

"그 돌들이 바로 베카에요. 한 개당 1베카를 의미하죠. 1베카면 이슬차 100잔을 마실 수 있는 돈이고요. 꽃떡은 400개를 먹을 수 있어요."

100가디가 1베카라는 뜻.

아이리스 등은 자신들에게 이미 샤론 대륙의 신비한 화

폐가 있다는 사실을 깨닫자 왠지 뿌듯해 절로 미소가 나왔다.

"이건 로드께서 우리에게 주는 급료인 걸까?"

"틀림없어요. 앞으로 이슬차와 꽃떡은 부담 없이 먹을 수 있겠군요."

그러자 디안이 기막혀하는 표정을 지었다.

"그 돈을 다 여기서 써 주시면 저야 좋긴 하죠. 하지만, 이 광장 근처에는 여러 상점들이 있으니 한 번씩 구경해 보시는 게 좋을 거예요. 특히 주릅 상인들이 파는 물건들은 신기한 게 많아요. 그들은 베카와 가디가 아니면 그 어떤 물건도 팔지 않아요."

"그렇구나."

"맞아. 다른 물건들도 필요할 거야."

아이리스와 로디아는 자신들이 잠시 바보가 된 기분이었다.

라키아 대륙의 돈이 아무리 많아도 여기서는 쓸모가 없다는 것!

왜 그것을 깜빡했을까?

앞으로 이곳에서 생활하는 데에 오늘 받은 베카는 아주 요긴하게 쓰일 것이다.

라테르가 신기해하며 손을 내밀었다.

"하하, 아이리스, 그 베카라는 화폐 내게도 몇 개 주지 않겠느냐?"

그러자 아이리스는 매우 심각하게 고민을 하는 표정을 지었다. 그러더니 1베카를 보이며 디안을 향해 물었다.

"혹시 이걸 가디로 바꿔 줄 수 있니?"

"물론이죠. 잠시만 기다려 주세요."

잠시 후 디안은 신비롭게 반짝이는 푸른색의 돌 100개를 가져왔다. 그 돌들은 베카에 비해 크기가 좀 작고 가벼워 보였다.

아이리스는 그중 10개를 집어 라테르의 손에 쥐여 주었다.

"10가디니 아껴 쓰세요."

아이리스는 남은 돈을 다시 주머니에 넣고 더 이상은 어림도 없다는 듯 고개를 흔들었다.

"고작 10가디냐?"

"받기 싫으신가 보군요. 그럼 다시 주세요."

"하하, 그럴 리가 있겠느냐?"

라테르는 냉큼 10가디를 주머니에 넣고는 씩 웃었다.

'하긴 이거라도 어딘가.'

동시에 왠지 한숨이 나오기도 했다. 명색이 사르곤 제국의 황자인 그가 여동생에게 용돈 10가디를 받고 좋아하게 될 줄이야.

그러나 그는 적응해야 했다.

라키아 대륙의 황자인 그이지만 이곳에서는 그저 영빈관에 머물 수 있는 손님 정도로만 대접받을 뿐이다.

마찬가지로 라키아 대륙에서 귀하게 쓰이는 골드와 실버가 이곳에서는 아무런 가치도 없다.

다시 말해 이곳 용자의 성에서는 새로운 질서가 존재한다.

단순히 신분이나 화폐만이 아니다.

앞으로 모든 것이 달라질지도 모른다.

그러한 새로운 질서에서 사르곤 제국이 도태되지 않으려면 정신을 바짝 차려야 한다는 사실을 그는 직감한 것이다.

*　　*　　*

한편 그사이 로이스는 낚시 중이었다. 어제에 이어 오늘도 30번의 낚시를 마친 후 뿌듯해하고 있는데 릴리아나가 찾아왔다.

"로이스 님, 구슬들의 봉인을 모두 풀었어요."

"수고했어. 봉인된 고대의 검은?"

"그것도 당연히 풀었죠."

릴리아나는 로이스의 앞에 한 자루의 검과 다섯 개의 구슬을 내려놓았다.

봉인이 풀린 마력의 구슬들!

그중 한 개는 이전에 로이스가 준 것을 미리 풀어 둔 것이었다.

나머지 네 개는 이번 출정에서 얻은 것들인데, 놀랍게도 릴리아나가 어젯밤 사이에 그것들의 봉인을 모두 푼 것이다.

또한 5카퍼스의 막대한 미스토스를 들여 봉인된 고대의 검의 비밀을 벗겨 내는 것도 성공했다. 이 검은 이전에 스켈레톤 로드를 해치우고 얻은 것이었다.

로이스는 먼저 검부터 살펴봤다.

* 마검 다켈
—등급 : 전설
—한 손 검
—공격 시 파멸자의 강력한 기운이 적의 회복을 어렵게 만듦. 이 효과는 중첩됨.
—장착 제한 : 마검 다켈의 시험을 이긴 자

"마검 다켈? 뭔가 그럴 듯하네."

로이스가 신기한 듯 쳐다보자 릴리아나가 웃으며 검에

대해 설명을 해 주었다.

“아주 대단한 무기를 얻으신 거예요. 전설 등급의 아주 무서운 마검이거든요. 이 검에 맞으면 저주를 받아 회복력이 떨어지게 돼요.”

“회복력? 그럼 마족들이 상처를 입어도 쉽게 치료를 하기 어렵다는 거야?”

“그렇죠. 또한 여러 번 적중되면 그 회복력이 더욱 떨어지게 되어 어지간한 마족들 정도는 굳이 힘의 근원을 파괴하지 않아도 제압할 수 있어요.”

“훌륭한걸.”

“하지만 그 전에 마검과 싸워 이겨야 해요. 패배하면 사용할 수 없는 검이에요.”

검과 싸워야 한다니. 왠지 어이가 없었지만 로이스는 투지를 불태웠다.

“그럼 당장 싸워 봐야겠군.”

“건투를 빌게요. 로이스 님이라면 충분히 이길 수 있을 거예요.”

“좋아.”

로이스는 마검 다켈의 손잡이를 불쑥 쥐었다.

순간 다켈의 검신이 우우웅, 소리를 내며 진동했다.

[마검 다켈이 당신의 자격을 시험합니다.]

[시험에 응하겠습니까?]

"물론이야. 어서 덤벼라!"

로이스가 외치자 마검 다켈의 검신에서 붉은빛이 뿜어져 나오더니 로이스의 주변을 휘감았다.

스스스스.

일순간 릴리아나의 꽃밭은 사라지고 사방이 붉은빛으로 휩싸여 있었다.

"뭐지? 결계인가?"

로이스는 이런 경험이 한두 번이 아니다.

따라서 이 안이 딱 봐도 결계라는 것을 알아챘다.

스슷.

그때 그의 앞쪽에 피처럼 붉은 머리카락을 허리까지 내려뜨린 사내가 모습을 드러냈다.

"크크크!"

분명 인간의 얼굴을 가지고 있었지만, 두 눈에서 폭사되는 광기 서린 눈빛을 보는 순간 로이스는 그가 마족과 흡사한 존재임을 알았다.

지금껏 만났던 마족 중에 가장 강했던 녀석은 하페온이었다.

그런데 지금 앞에 있는 마족 사내는 그보다 몇 배는 더 강력한 기운을 풍기고 있었다.

"감히 나 다켈을 잠에서 깨운 이는 누구인가?"

"로이스. 너의 로드가 될 자다."

"과연 그럴 수 있는지 나를 이겨 그 자격을 증명하라. 다만, 오직 검으로만 승부를 내야 할 것이다. 검술로 날 제압하지 못하면 실격임을 잊지 마라."

그 말과 함께 다켈이 로이스를 향해 검을 겨눴다.

그 검은 지금 로이스가 쥐고 있는 것과 동일한 형상이었다.

즉, 둘 다 동일한 검으로 승부를 펼치는 것이다.

로이스의 안색이 굳어졌다.

'꽤 강해 보이는 녀석이군. 만만치 않겠어.'

검을 쥔 자세만 봐도 딱 감이 왔다. 맨손이라면 몰라도 검술로만 이기기에는 쉽지 않아 보였다.

현재 로이스의 한 손 검 전술은 21단계! 과연 그것이 얼마나 통할지는 전투를 벌여 보면 알게 될 것이다.

Chapter 4
타고난 재능

"덤벼라."

"크크크, 선공을 양보하겠다는 건가? 사양하지 않겠다."

다켈이 검을 번쩍 들어 내리쳤다. 로이스는 잽싸게 검을 휘둘러 막았다.

카아앙! 캉! 카칵! 푸확!

머리를 내리치고 목을 찌르고 다시 옆구리로 들어오는 공격을 막아 냈다.

그러나 일순간 심장 쪽이 시큰하더니 피분수가 뿜어져 나왔다.

촤아아악—

"으윽!"

로이스는 자신의 왼쪽 가슴으로 파고든 다켈의 검을 보며 믿을 수 없다는 표정을 지었다. 두 눈을 빤히 뜨고도 네 번째 공격을 피하지 못한 것이다.

"큭! 고작 그 정도 실력으로 나의 주인이 되겠다는 건가? 꿈도 야무지군."

다켈이 조롱하듯 키득거리더니 시야에서 사라져 버렸다.

[당신은 다켈에게 패배했습니다.]

[다켈의 시험을 통과하지 못했습니다.]

"으으윽!"

붉은빛의 결계가 사라지고 피투성이가 된 로이스가 비틀거리며 주저앉았다.

"패배하셨군요. 괜찮아요. 그럴 수도 있죠."

릴리아나가 마치 구경하듯 물끄러미 로이스를 내려다보고 있었다. 로이스는 왠지 울컥했다.

"그렇게 쳐다보고 있지 말고 어서 날 치료해. 심장을 찔렸단 말이야. 이러다 죽을 수도 있어."

"안 죽어요. 머리가 잘려도 죽지 않으니 염려 마세요. 여긴 저의 영역이라고요."

로이스가 죽음에 이를 만큼 치명적인 부상을 입는다면 그 즉시 릴리아나가 소환해 로이스의 생명을 보호할 것이다.

그것은 꽃밭이 아니라 다른 어디에 있어도 마찬가지다.

하물며 이 꽃밭에서는 오죽하겠는가.

스윽.

릴리아나가 손을 흔들자 환한 빛이 일어나 로이스의 상처를 치료했다.

과연 로이스는 금세 멀쩡하게 변했다.

"좋아. 그럼 다시!"

로이스는 마검 다켈을 움켜쥐었다. 한 번 패배했다고 포기할 로이스가 아니었다.

[다켈이 당신의 도전을 거부합니다.]

[오늘은 더 이상 도전할 수 없습니다.]

[내일 다시 시험에 도전하십시오.]

그와 같은 문자들과 함께 로이스의 손에 있던 마검 다켈이 그의 손을 빠져나갔다.

쿵!

그뿐이 아니었다. 마검 다켈은 마치 전쟁에서 승리한 승자처럼 그 스스로 움직여 바닥에 검신을 박았다. 그 모습은 흡사 로이스를 조롱하는 것처럼 보였으니.

"젠장! 뭐 이런 녀석이 다 있어?"

로이스는 화가 머리끝까지 치솟았다. 릴리아나가 어깨를 으쓱했다.

"너무 신경 쓰지 말아요. 내일 다시 도전하면 되잖아요."

"으! 어째서 하루에 한 번뿐인 거지?"

"그건 저도 몰라요. 마검 다켈이 정한 규칙이겠죠."

"검술을 수련해야겠어. 내일은 반드시 저놈을 이기고 말테야."

마왕도 아니고 한낱 무기 따위에게 패배하다니! 로이스에게는 이런 치욕이 있을 수 없었다.

릴리아나는 미소 지었다.

"그런데 굳이 검에 집착할 필요가 있을까요? 로이스 님은 사실 무기를 들지 않았을 때가 가장 강하잖아요."

"무슨 소리야. 난 그런 무식한 짓은 하지 않아."

로이스는 움찔하며 고개를 흔들었다. 순간 릴리아나가 코웃음 치더니 로이스의 앞에 한 장의 두루마리를 펼쳐보였다.

"절 속일 셈인가요? 보세요. 이건 지혜의 거울 두루마리에요. 여기 표시된 능력에 다 나와 있거든요."

이름 [로이스]

레벨 [45]

칭호 [마물 학살자]

신분 [미스토스 기사]

맷집 5590/5590

미흐 4520/4520

[전술 및 능력]

—할버드 전술 23단계

—한 손 검 전술 21단계

—차크람 전술 8단계

—무기 방어 전술 17단계

—할버드 x 차크람 전술 1단계

……

—맨손 격투 전술 (최대)

—맨티스거의 투지 (최대)

……

—약초 채집 12단계

—나무 타기 41단계

—절벽 타기 42단계

—다크 아이(암흑 투시) 32단계

—워터 아이(수중 투시) 21단계

—두개골 깨기 18단계

—빨리 뛰기 40단계

—높이 도약 40단계

—착지 36단계

—독 저항 37단계

—암흑 저항 38단계

—화염 저항 35단계

—냉기 저항 35단계

……

"뭐가 이렇게 길어?"

두루마리를 계속 펼쳐도 로이스의 능력에 대한 설명은 끝나지 않았다.

각종 전술들은 물론이고 요즘은 별 관심을 두지 않는 약초 채집 능력이나 다크 아이와 같은 것도 보였다.

심지어 언제 생겼는지도 모르는 이상한 능력이나 저항들도 허다했다. 언뜻 세어 봐도 수백 종류는 되어 보였다.

"별게 다 있군. 두개골 깨기는 또 뭐냐?"

아마도 스켈레톤들의 머리를 많이 깨면서 생겨난 능력인 모양이었다.

어쩐지 점점 스켈레톤들의 머리를 박살 내기가 쉬워진다 했다.

군주의 목걸이에서 그런 사소한 능력 따위는 알려 주지 않은 것이다.

아마 그런 것까지 다 나오면 글자들만 쳐다보다 시간이 다 갈 것이다.

모든 걸 다 보고 싶으면 릴리아나에게 거울의 두루마리를 보여 달라고 하면 되지만 결코 그러고 싶은 생각은 없었다.

잡다한 것들까지 일일이 신경 쓰다간 머리가 터져 버릴 테니까.

로이스는 시큰둥한 표정으로 고개를 흔들었다.

"아무튼 난 관심 없어. 이런 걸 보는 건 귀찮기만 하단 말이야."

"다른 건 볼 것 없고 여길 보세요."

릴리아나가 두루마리 중 한 부분을 툭툭 쳤다.

* 맨손 격투 전술 (최대)

—맨손 격투에 최적화되어 있으며, 무기 사용 시

전투력이 대폭 하락함.

—현재 신분에서 터득할 수 있는 극한의 경지 달성.

—미스토스 상급 기사가 되어야 경지를 정확히 알 수 있으며, 더 강해질 수 있음.

*맨티스거의 투지(최대)

—맨티스거의 유전(전설)에서 얻은 맨손 격투 기술

—주먹과 발의 파괴력이 대폭 상승. 맨손 전투 시 적에게 공포심을 줌.

—미흐 소모 없음.

—현재 신분에서 터득할 수 있는 극한의 경지 달성.

—미스토스 상급 기사가 되어야 경지를 정확히 알 수 있으며, 더 강해질 수 있음.

"음. 뭐라는 거야? 난 도무지 뭔 소린지 모르겠는걸."

로이스는 인상을 찌푸렸다. 그리고는 마치 두루마리의 내용을 이해하지 못한 것처럼 고개를 돌려 버렸다. 릴리아나가 빙긋 웃었다.

"뭔 소리긴요. 로이스 님은 맨손일 때가 가장 강하다는 뜻이죠. 이건 타고난 감각이자 재능이에요. 심지어 그 희귀하기 짝이 없는 전설의 맨티스거의 투지도 인연으로 얻었잖아요. 그러니까 부끄러워하실 필요가 없어요. 물론 맨손으로 싸우면 좀 무식해 보이긴 해도 타고난 재능을……."

"지금 뭐라고 했지?"

순간 로이스의 두 눈에서 시퍼런 빛이 번쩍였다. 맨손이 어쩌고 무식이 어쩌고 하는 말에 로이스의 인상이 험악하게 변한 것이다. 릴리아나는 흠칫하더니 잽싸게 두루마리를 둘둘 말았다.

"호호! 아무튼 그깟 마검 따위에게 패배했다고 너무 실망하지 마시라는 거죠. 그보다 이번에 봉인된 구슬 다섯 개 중 파괴의 마력석이 몇 개인 줄 아세요?"

"몇 개인데?"

단순한 로이스는 릴리아나가 파괴의 마력석이라는 말을 하자 금세 분노한 표정에서 기대감이 가득한 표정으로 바뀌었다.

"무려 두 개나 있어요."

"정말이야? 하하하, 수고했어. 그럼 그중 하나는 차크람에 부착하고 또 하나는 마검에 붙여야겠군."

"근데 차크람이라면 모를까, 이걸 과연 마검에 붙여도

될지 모르겠군요."

"왜 무슨 문제 있어?"

"아무래도 파괴의 마력석 때문에 마검 다켈이 더 강해질 수도 있으니까요. 그럼 로이스 님이 그 녀석을 이기기 힘들어질 수도 있거든요."

"상관없어. 어차피 그놈을 이기는 건 시간문제거든. 당장 붙여."

"알았어요."

곧바로 릴리아나는 파괴의 마력석 2개를 하페온의 차크람과 마검 다켈에 각각 하나씩 부착했다.

[하페온의 차크람(전설)에 암흑 속성 피해가 추가됩니다. 무기의 파괴력이 대폭 상승했습니다.]

[마검 다켈(전설)에 암흑 속성 피해가 추가됩니다. 무기의 파괴력이 대폭 상승했습니다.]

두 무기 모두 파괴력이 대폭 상승했다.

"후후, 좋아. 아주 훌륭해!"

로이스는 특히 차크람의 파괴력이 강해진 것에 흡족해했다.

파괴의 마력석을 붙이기 전에도 가공스러운 위력을 가진

차크람의 파괴력이 늘어났으니!

특히나 차크람은 혼자서 다수의 적을 사용할 때 가장 효율적인 위력을 보여 준다. 수백 명의 적이라도 단번에 해치워 버릴 수 있는 무서운 무기인 것이다.

"다른 것들은 뭐가 나왔어?"

"수호의 마력석 한 개랑 투혼의 마력석 두 개예요."

* 수호의 마력석

—방어구에 부착 시 물리 및 마법 방어력이 대폭 상승.

* 투혼의 마력석

—섭취하여 자신의 신체를 강화.

—현재 당신의 신체는 투혼의 마력석으로는 강화가 불가능함.

—미스토스 상급 기사가 되면 강화 가능.

"수호의 마력석이 제법 쓸 만해 보이는데?"

"지금 로이스 님이 손목에 차고 계신 차크람에도 가능하겠군요. 팔찌 상태에서는 방패 못지않은 장비로 활용이 가능할 거예요."

"그럼 당장 붙여 봐."
"네, 로이스 님."
곧바로 하페온의 차크람에 수호의 마력석이 부착되었다.

[하페온의 차크람(전설)에 암흑 속성 방어막이 생성됩니다. 물리 및 마법 방어력이 대폭 증가합니다.]

이 차크람에는 파괴의 마력석도 부착된 상태이니 공격과 방어 양쪽에서 모두 유용하게 사용될 것이다.
"투혼의 마력석은 잘 보관해 두겠어요. 조만간 로이스 님이 미스토스 상급 기사가 되면 그때 필요할 거예요."
"그게 좋겠지."
로이스는 고개를 끄덕였다.
'투혼의 마력석이라. 이름은 그럴듯하네.'
먹기만 해도 전투력이 상승하는 것이니 좋은 것은 맞다. 그래도 왠지 또 맨손 전투력과 관련된 것 같아서 기분이 좀 묘했다.
'어쨌든 내일 그놈에게 또 질 수는 없어.'
로이스는 당장 한 손 검 수련에 매진하기로 했다.
그러나 한 손 검 전술은 이미 21단계에 이르렀기 때문에 혼자서 아무리 검을 휘두른다고 해도 숙련도의 상승이 거의 이루어지지 않을 것 같았다.

그래도 혹시 몰라 중앙 궁전의 수련장에서 잠시 검을 휘두르던 로이스는 고개를 가로저었다.

"이대로는 안 돼. 시간 낭비일 뿐이야."

로이스는 문득 스텔라와의 전투를 떠올렸다. 그녀는 로이스가 맨손이 아니면 이길 수 없는 강력한 상대였다.

"그렇군, 마침 잘됐어."

곧바로 로이스는 스텔라의 집을 찾아갔다. 별 모양으로 배치된 다섯 개의 건물들. 그 중앙의 널따란 수련장에서 스텔라는 홀로 수련을 하고 있었다.

휘휙! 휘휘휙! 파파팟—

양손에 한 자루씩 단검을 쥔 그녀의 움직임은 바람과 같았다. 멈춰 있는 듯했지만 실상은 한시도 멈춰 있지 않은 신비한 움직임! 그것은 마치 그림자와 같았다.

"열심이네."

"로드를 뵈어요."

로이스가 나타나자 스텔라는 수련을 멈추고 공손히 허리를 숙였다.

"부탁이 있어."

"말씀하세요."

"내 검술 수련을 도와줘."

스텔라는 반색했다.

"수련이라면 얼마든지요. 저 역시 도움이 되겠군요."

"고마워. 그럼 시작해 볼까?"

"그런데 로드께서는 맨손일 때가 훨씬 강한데 왜 굳이 무기를 수련하시는 거죠?"

이는 사실 스텔라가 진작부터 묻고 싶은 바였다.

로이스는 어색하게 웃었다.

"그건 네가 잘못 본 걸 거야. 난 그런 무식한 싸움은 안 한다고!"

"그럴 리가요. 분명히 지난번에……."

스텔라는 울컥했다. 그녀가 로이스에게 말 그대로 무식하게 맞았던 그 상황을 어찌 잊을 수 있을까? 로이스가 무기를 들었을 때는 그녀의 압도적인 우세였지만, 그가 무기를 내던지고 달려드는 순간 상황은 역전되었다.

'그건 악몽이었어.'

아직도 그때만 떠올리면 자다가도 벌떡 일어나게 된다.

예전부터 특급 어새신이 되기 위해 수련을 하던 중에 별 끔찍한 고통을 다 겪어 본 그녀지만, 로이스에게 맞을 때처럼 공포스러운 경험은 처음이었다.

다른 생각은 들지 않았다. 그저 꼼짝없이 죽겠구나, 라는 절망의 마음만 가득했던 것이다.

그런데 로이스가 자신이 언제 그랬냐는 듯 말하니 기막히지 않을 수 없었다. 그뿐이 아니다.

"난 기억나지 않아, 스텔라. 내가 정말로 그랬어?"

순간 로이스로부터 삭막하기 이를 데 없는 기세가 느껴졌다.

"대답해 봐. 내가 그랬냐고?"

마왕의 얼굴처럼 검게 물든 음영 사이로 번뜩이는 새하얀 안광!

'핫!'

스텔라는 흠칫 놀랐다. 그녀는 본능적으로 고개를 끄덕이면 안 된다는 사실을 깨달았다. 그것은 일종의 생존 본능이었다.

"호호, 그러고 보니 제가 착각했나 봐요. 로드께서 맨손으로 절 무식하게 때린 적은 없었어요."

"그럴 거야. 난 무기로 공격하면 했지 치사하게 맨손으로 때리진 않아."

로이스는 당연하다는 듯 말했다. 그의 얼굴은 언제 그랬냐는 듯 부드럽게 변해 있었다.

'휴!'

스텔라는 속으로 안도하면서도 뭔가 어이가 없긴 했다.

사실 무기로 공격하는 것보다 차라리 맨손으로 때리는 것이 덜 치사한 것 아닐까? 어째서 로이스는 맨손으로 공격하는 것이 무기를 들었을 때보다 더 치사하다고 여기는 것일까?

'정말 알 수 없는 분이야.'

그러나 스텔라는 로이스가 자신에 비할 수 없는 강자임을 이미 인정한 터였다. 그가 무식하게 맨손으로 공격을 하든, 우아하게 검을 휘두르든, 그런 건 문제가 되지 않았다.

"제가 어떻게 로드의 수련을 도와 드리면 되죠?"

"날 공격하면 돼."

"그냥 공격만 하면 되나요?"

"날 죽여도 좋으니까 전력을 다해 줘. 어차피 여기서는 난 머리가 잘려도 안 죽으니까."

로이스는 검을 앞으로 겨누며 씩 웃었다. 스텔라의 두 눈이 차갑게 빛났다.

"그렇단 말이죠? 그럼 로드의 명을 받들도록 하겠어요."

그 말이 끝나는 순간 스텔라의 쌍단검이 폭풍처럼 로이스를 향해 날아들었다.

파파파팟—

두 개의 단검이 수백 개의 검영을 뿌려 내며 소나기처럼 쇄도하는 장면은 가히 장관이라 할 수 있었다.

물론 당하는 입장에서는 그것이 멋지게 느껴질 만큼 여유로운 상황은 아닐 것이다.

캉! 카캉! 카카캉! 캉캉!

푹! 푸확! 촤악!

로이스는 정신없이 막았지만 그의 전신은 순식간에 피투성이로 변했다. 스텔라의 공격은 마검 다켈 못지않게 빨랐다. 그야말로 종잡을 수 없는 방향에서 마구 날아드니 도무지 방어가 쉽지 않았다.

촥! 촥! 촤촥!

약간의 틈이라도 생길라치면 스텔라의 검은 여지없이 그곳을 파고들었다.

촤아악!

로이스의 몸에서 피가 솟구쳐도 스텔라는 눈 하나 깜빡하지 않았다. 그야말로 무표정 그 자체였다.

아무리 수련일지라도 결투 시에는 인정사정 봐주지 않는 것!

이는 스텔라가 살아온 삶이었고, 앞으로도 그것은 바뀌지 않을 것이다.

그리고 그러한 스텔라의 태도가 로이스에게는 더할 나위없이 좋았다.

[미스토스의 은총이 당신의 노력에 대한 보상을 줍니다.]

[당신의 한 손 검 전술이 22단계가 되었습니다.]

'드디어 한 단계 올랐군.'

과연 예상대로였다. 죽음을 불사한 전투를 벌이자 한동안 멈춰 있던 한 손 검 전술의 단계가 상승했다.

그러나 마검 다켈을 이기려면 한 단계 오른 것만으로는 어림도 없을 터.

로이스는 더욱 기를 쓰고 스텔라와 전투를 벌였다.

물론 전투는 여전히 스텔라의 일방적인 우세였다.

[당신의 한 손 검 전술이 23단계가 되었습니다.]

그렇게 치열한 수련 덕분에 날이 저물 무렵 또 한 단계가 상승했다.

"오늘 수고했다, 스텔라. 내일도 계속 그런 식으로 하면 돼."

만신창이 상태에 머리도 깨져 얼굴이 온통 피투성이였지만 로이스의 눈빛은 오히려 더욱 이글거렸다.

스텔라의 입가에 묘한 미소가 피어났다.

"그렇게 기를 쓰고 검을 휘둘러 봤자 소용없어요. 검술만으로 하면 로드는 저에게 절대 이길 수 없다고요. 맨손이라면 모를까."

"후후, 과연 언제까지 그 말을 하는지 두고 보겠다."

"자신감은 항상 넘치시는군요. 하지만 검술은 마음만으로 되는 게 아니에요. 오랜 세월 극한의 수련을 거쳐야 아주 조금씩 그 경지가 상승해요."

스텔라는 로이스가 쓸데없는 짓을 한다 여겼기에 더 이상 검술 수련을 하지 말라는 식으로 충고를 한 것이었다.

그러나 그녀는 상상도 못 할 것이다. 그녀의 모든 동작과 움직임을 로이스가 하나도 빠짐없이 기억하고 있다는 사실을 말이다.

또한 결투를 통해 그것을 자신의 몸으로 체화시키고 있다는 사실도.

*　　　*　　　*

다음 날 아침.

로이스는 새벽에 일어나 낚시를 30번 하는 것으로 하루 일과를 시작했다.

조금씩이지만 마법 저항력이 상승하고, 운이 좋으면 차

원어를 낚아 요리를 맛있게 해 먹으며 전투력도 상승시킬 수 있으니, 낚시는 참 좋은 것이었다.

그리고는 곧바로 마검 다켈에게 도전했다.

'오늘은 기필코 그놈을 이긴다.'

과연 2단계 상승한 한 손 검 전술로 가능할지는 모르겠지만 로이스는 투지에 불탔다.

쑤욱!

땅에 박힌 마검 다켈을 뽑자 붉은빛의 결계가 로이스를 가두었다.

스스스스.

동시에 어제와 같이 치렁한 붉은 장발을 흩날리는 사내가 나타나 로이스를 노려봤다.

"가소롭구나, 인간! 날 더 강하게 해 준 건 고맙다만, 그런다고 내가 굴복할 것 같으냐? 나를 이기지 못하면 소용없는 일! 그대의 하찮은 실력으로 나의 주인이 되는 건 꿈속에서나 가능한 일이다."

놀랍게도 그로부터 풍겨 나는 기세는 어제에 비할 바가 아니었다.

무슨 거대한 산과 같은 가공스러운 기세!

로이스는 쓴웃음을 지었다.

'릴리아나의 말대로 더 강해졌군.'

딱 봐도 승산 자체가 없었다. 검을 겨누긴 했지만 그 어디에도 파고들 빈틈이 보이지 않았을 뿐 아니라, 그저 대치만 하는 것으로도 위축되는 기분이었다.

카캉! 촤아악! 서걱!

아니나 다를까, 로이스는 단 한 번의 격돌로 목이 잘리고 말았다.

툭. 자신의 목이 잘려 바닥에 구르고 있었지만 마치 다른 사람이 된 것처럼 그것을 볼 수 있었으니.

"크크크크! 너 따위는 내 주인이 될 자격이 없다. 검을 휘두를 가치도 없는 존재여!"

다켈이 키득거리더니 로이스의 머리를 발로 차며 조롱했다. 로이스는 이를 갈았다.

"두고 보자, 이놈! 내일은 절대 가만두지 않겠다!"

"큭! 내일이 된다고 해서 뭐 달라질 게 있을 것 같은가? 또 죽고 싶다면 얼마든지 덤벼라, 하찮은 인간!"

"으으! 제길!"

그사이 붉은 결계는 사라졌다. 릴리아나가 무참히 목이 잘린 로이스를 한숨을 푹 내쉬며 내려다보고 있었다.

"마검 다켈에 파괴의 마력석을 붙이는 건 아무리 생각해봐도 아니었던 것 같아요."

"약 올리지 말고 어서 목이나 붙여."

로이스는 이 상태로 말을 할 수 있는 자신이 신기하긴 했다.

분명 보통의 인간이라면 죽어야 정상이겠지만, 그냥 고통스럽기만 할 뿐 죽지 않았다. 심지어 정신도 멀쩡했다.

착.

릴리아나가 로이스의 머리를 몸에 붙였다. 또한 그녀의 손에서 나온 빛이 로이스의 몸을 휘감았다.

화아아악!

그러자 로이스는 금세 회복되어 정상으로 돌아왔다.

"그럼 오늘도 수련이다!"

오늘도 한 손 검 전술을 2단계만 올려 보자는 것이 로이스의 목표였다.

곧바로 로이스는 스텔라의 집으로 향했다.

"어서 오세요, 로드!"

"시작해! 인정사정 봐 주지 말고 날 죽여 봐!"

"원하신다면."

그 즉시 스텔라의 단검들이 날아들었다. 오러 블레이드가 생성된 두 단검이 만들어 내는 무수한 궤적들은 그야말로 아름답기 이를 데 없었다.

촤악! 촤아악!

로이스의 몸은 또다시 만신창이로 변했다. 그런 식으로

온종일 수련을 멈추지 않자 한 손 검 전술이 25단계까지 상승했다.

다음 날 아침.

낚시를 마친 로이스는 지체 없이 마검 다켈을 뽑았다.

스스스.

붉은 결계와 함께 나타난 다켈은 로이스를 한심하다는 듯 노려봤다.

“크크크크, 그렇게 죽었는데도 또 온 거냐?”

“오늘은 기필코 네놈을 땅바닥에 눕혀 주마.”

“쯧, 무식한 거냐? 아니면 용감한 거냐? 뭐 무식하면 용감하다는 말이 있긴 하지. 하지만 헛꿈 꾸지 마라. 네놈의 실력으로는 백 년을 수련해도 나의 털끝 하나도 건드릴 수 없다.”

“…….”

순간 로이스의 얼굴이 딱딱하게 굳었다. 뭔가 어둑한 음영이 그의 안면을 뒤덮는 듯하더니 그 사이로 섬뜩한 안광이 쏟아져 나왔다.

“그렇지 않아도 네놈의 말투가 마음에 안 들어 한 번쯤 손을 봐 주려 했지. 그 날이 오늘인가 보다.”

로이스가 돌연 검을 바닥에 내팽개쳤다. 동시에 두 주먹을 불끈 쥔 그의 전신에서 뿜어져 나오는 미증유의 기세!

"헉!"

그 기세에 놀랐는지 다켈이 움찔 뒤로 물러났다. 그러나 로이스가 바람처럼 따라붙어 주먹을 휘둘렀다.

콰직!

"커어억!"

다켈의 안면 한쪽이 처참하게 뭉개졌다. 로이스의 무릎이 다켈의 턱을 올려 쳤고 그의 팔꿈치가 다시 다켈의 머리를 찍었다.

퍼퍼퍽— 우두둑!

단순해 보였지만 피하는 건 불가능했다. 아니, 그 속도가 상상을 불허하는 터라 어떻게 날아오는 건지 도무지 종잡을 수도 없었다.

퍼퍼퍼퍽!

바닥으로 맥없이 널브러진 다켈의 안면을 향해 로이스의 주먹이 연속으로 작렬했다.

퍽퍽퍽! 와지직!

"크아아악! 크악! 끄아악……!"

처참하게 비명을 지르던 다켈의 몸이 어느 순간 사라졌다.

[당신은 다켈에게 승리했습니다.]

[그러나 검술로 승리를 거둔 것이 아니라서 다켈은 당신을 인정하지 않습니다.]

[마검 다켈의 시험을 통과하지 못했습니다.]

“내일은 검술로 이겨 주마.”

결계가 사라진 후 로이스가 멀쩡하게 나타나 험상궂은 표정을 짓고 있자 릴리아나가 힐끗 쳐다봤다.

“역시나 손을 보셨군요. 하긴 오늘쯤 그럴 거라 생각했어요.”

“손을 보긴 누가 손을 봐. 그냥 대화를 좀 나눴을 뿐이야.”

로이스는 아무런 일도 없었다는 듯 어깨를 으쓱하고는 스텔라의 집으로 향했다.

*　　*　　*

다음 날 로이스는 다시 다켈에게 도전했다.

그런데 다켈은 어제와 달리 로이스에게 상당히 공손한 태도를 보였다.

“당신이 강한 것은 인정하겠소. 하지만 검술로 내게 이기지 못하면 나의 주인이 되지 못할 것이오."

역시나 손을 좀 봐 준 보람이 있다. 로이스는 차갑게 웃었다.

"알고 있어. 검술로 널 이겨 줄 테니 덤벼라."

"그런 일은 없을 것이오."

다켈은 선공조차 양보하지 않겠다는 듯 검을 먼저 휘둘렀다.

번쩍!

천지 공간이 반쪽이 나는 듯 상공의 아득한 곳에서부터 날아드는 거대한 검격!

처음부터 인정사정 봐주지 않겠다는 듯 전력을 다해 공격한 것이었다.

'크윽! 대단해. 이런 엄청난 검술도 있다니!'

로이스는 최선을 다했지만 결국 피하지 못했다. 그대로 두 쪽이 나 버린 것이다.

그러나 검의 궤적과 다켈의 모든 동작은 하나도 남김없이 기억한 터였다.

Chapter 5
용자의 서신

두 쪽 난 로이스의 몸이 결계에서 사라지자 다켈은 나직이 안도의 한숨을 내쉬었다.

'절대 져서는 안 돼. 그런 무식한 자가 나의 로드가 되는 건 끔찍한 일이다.'

다켈은 두 번 다시 어제와 같은 꼴이 되고 싶지 않았던 것이다.

로이스가 로드가 되면 매일 그렇게 맞을지도 모른다.

그 생각을 하자 치가 떨렸다.

'무조건 이긴다. 절대 그자에게 질 수 없다…….'

문제는 로이스가 매일 나타날 때마다 그 전날에 비할 수 없이 강해져 있다는 것이었다. 물론 검술의 경지만 따졌을 때 말이다.

아직은 자신에게 상대조차 되지 않지만, 강해지는 속도가 너무 빨랐다.

'이러고 있을 때가 아니다. 나 역시 수련을 해야겠군.'

마검 다켈도 수련을 시작했다. 아무도 올 수 없는 그만의 공간에서.

* * *

사르곤 제국 황궁의 대전.

이비아스 대제를 향해 황태자 프론스가 외쳤다.

"황제 폐하! 소자 이제 사악한 마녀 아시엘을 토벌하여 흉흉해진 민심을 수습하고 제국의 건재함을 라키아 대륙의 모든 이들에게 알리고자 하옵나이다."

그러자 이비아스 대제가 미소 지었다.

"프론스, 너를 믿겠다. 동맹국들이 이 일을 중히 여겨 요청보다 훨씬 많은 숫자의 병사들을 보내왔으니 반드시 사악한 마녀와 그를 따르는 역도들을 소탕하여야 할 것이다."

"소자, 폐하의 뜻을 받들어 제국의 위상을 떨치고 오겠나이다."

애초 계획은 제국군 5만에 동맹국 5만으로 도합 10만의 원정군을 구성하려 했지만, 동맹국들이 무려 15만이나 되는 대군을 보내왔다.

이는 모두 황태자인 프론스에게 잘 보이기 위함이었다.

장차 사르곤 제국의 황제가 될 프론스의 눈에 들어 이후의 관계를 돈독히 하고자 하는 속셈들인 것이다.

따라서 이번 전쟁에서 동맹국들은 앞다투어 공을 세우려 할 것이 분명했다. 그 또한 사르곤 제국에서는 바라던 일이었다.

이로써 원정군의 규모는 무려 20만!

고작 수천의 병사가 지키는 성 하나 공격하러 가는 것치고는 너무도 많은 병력이었다.

황제 또한 그 사실을 잘 안다.

그럼에도 불구하고 이 같은 일을 강행하는 이유는 아시엘이 마녀라는 사실을 사르곤 제국뿐 아니라 라키아 대륙 전역에 알리기 위함이었다.

20만의 대군이 움직이는 일이니 대륙 전체의 관심이 쏟아질 것이다.

그렇게 모두가 주목하는 가운데 마녀 아시엘을 제거하면, 그간 대륙을 휩쓸었던 전설의 용자에 대한 허무맹랑한 소문도 일시에 잠재울 수 있게 된다.

무엇보다 제국의 황태자가 직접 나서서 가짜 용자이자 마녀를 제거하게 되면 그 또한 제국의 위상을 크게 높일 수 있는 일이었다.

황제가 말했다.

"루니우스 후작, 그대가 있어 짐은 안심하고 황태자를 전장에 내보낼 수 있다. 무슨 일이 있어도 황태자를 보호해야 할 것이다."

"염려 마소서, 폐하. 소신 목숨을 바쳐 황태자 전하를 보호하겠습니다."

프론스의 뒤에는 제국의 그랜드 마스터 중 하나인 루니우스 후작이 시립해 있었다. 황태자의 수호 기사인 그녀는 이번 출정에 당연히 참여했다.

그때 황제가 문득 누군가를 바라보며 물었다.

"라테르! 너는 아직도 이 일에 반대하는 것이냐?"

다름 아닌 이황자 라테르였다. 그는 빙그레 미소를 지으며 대답했다.

"폐하! 소자가 어찌 그런 생각을 하겠사옵나이까? 이전엔 소자가 생각이 짧았습니다. 사악한 마녀 아시엘은 반드시 토벌되어야 하며, 그녀에 대한 어떤 동정도 베풀어서는 아니 된다고 생각하옵니다. 아이리스 또한 소자와 같은 생각이오니, 더 이상 심려치 마옵소서."

"허허허! 이제야 네가 철이 든 게로구나. 진작에 정신을 차렸더라면 내 너를 어찌 별궁에 가두었겠느냐."

이비아스 대제는 매우 흡족해하는 표정이었다. 그 모습을 본 대마법사 나칸이 의미심장한 미소를 흘렸다.

'황제는 라테르가 인형이라는 사실을 전혀 눈치채지 못하는군. 하긴 저것은 나라도 처음엔 깜빡 속을 뻔했으니, 그럴 만하지.'

그렇다. 지금 이 대전에 있는 라테르는 진짜가 아닌 마법 인형이었다. 나칸의 조종을 받아 그가 시키는 대로만 하는 마법의 꼭두각시 인형인 것이다.

라테르의 인형을 조종하는 건 단순히 황자 한 명을 마음대로 움직이는 것 이상의 의미를 가진다. 대신들 중에서 라테르를 따르는 이들까지 모두 나칸의 뜻 아래 둘 수 있기 때문이다.

마찬가지로 나칸은 아이리스 황녀의 인형도 조종해 그녀를 지지하는 대신들의 마음도 움직였다.

그로 인해 이제 황궁에서 나칸을 적대하는 이들은 완전히 사라졌다고 봐야 했다. 마지막까지 나칸을 견제하던 라테르 황자뿐 아니라 아이리스 황녀마저 나칸을 지지하고 있으니까.

그런데 그런 나칸을 황태자 프론스가 의미 모를 미소를 지으며 슥 노려보았다. 그의 시선이 라테르 황자를 슬쩍 훑기도 했다.

그러다 이내 언제 그랬냐는 듯 본래의 표정으로 돌아가 황제를 향해 말했다.

"폐하! 이제 출정을 명하여 주소서."

"지금 즉시 출정하라! 짐은 이곳에서 좋은 소식을 기다리고 있겠다."

"예, 폐하! 모든 건 폐하의 뜻대로 이루어질 것이옵니다."

일순 황제와 황태자의 입가에 알 수 없는 미소가 동시에 맺혔다가 사라졌다.

출정식이 끝나자 황태자 프론스는 제국의 5만 병력과 함께 샤론 대륙의 국경이 있는 북쪽으로 향했다.

그사이 동맹국들의 지원 병력도 그쪽으로 집결하고 있었다.

흥미로운 사실은 지원 병력을 이끄는 이들이 대부분 각 동맹국들의 왕세자나 왕자들이라는 것! 심지어 공주들도 적지 않았다.

물론 그들이 직접 검을 들고 적과 싸우기 위해 참전했겠는가.

전쟁이야 어차피 그들 휘하의 유능한 장수들이 병사들을 이끌고 수행할 것이다.

그들의 목적은 오직 하나!

사르곤 제국의 황태자인 프론스와 이 기회에 친목을 다지기 위함이었다.

왕자들은 어떤 식으로든 차기 황제가 될 프론스에게 잘 보여 자신들의 입지를 다지려 하는 것이고, 공주들은 프론스의 눈에 들어 황후나 황비가 될 기회를 얻고자 함인 것이다.

그렇게 원정군을 황태자와 왕세자들이 이끌다 보니, 당연히 그들에게 잘 보이기 위해 최상위 귀족들의 자제들도 각 영지에 있는 최강의 기사들과 함께 참전했다.

그로 인해 20만 대군은 병력의 숫자만 많은 것이 아니라, 각국의 최정예들로 구성된 것이나 다름없었다.

제국만 해도 황태자의 수호 기사인 그랜드 마스터 루니우스 후작이 참전했다. 게다가 영주들이 참전시킨 소드 마스터의 숫자만 무려 20명이나 되었다.

거기에 각 왕국들도 왕국의 자존심을 걸고 최강의 검사들을 출전시켰다.

물론 그들 중에 소드 마스터급 검사는 3명뿐.

왕국에는 제국과 달리 소드 마스터가 흔하지 않기 때문이다.

그렇다 해도 소드 마스터에 버금가는 실력의 강력한 검사들이 수십 명이나 되었다.

그와 같은 병력 편성을 보고받은 황태자의 입가에 오연한 미소가 맺혔다.

'후후, 이번 원정은 나 프론스가 라키아 대륙의 차기 주인이라는 사실을 모두에게 알리는 축제의 장이 될 것이다. 이를 위해 판을 깔아 준 나칸에게 고맙다고 해야겠지.'

곧이어 그의 눈빛이 차갑게 빛났다.

'사냥이 끝나면 사냥개는 더 이상 필요 없을 터. 원정이 끝나는 대로 나칸 네놈 역시 끝장내 주마.'

무슨 계획을 세웠는지 그의 표정은 의미심장하기 이를 데 없었다.

*　　*　　*

그로부터 20여 일 후 사르곤 제국과 동맹국들의 연합군 20만 병력이 샤론 대륙의 국경을 넘었다.

자줏빛 구름 지대를 넘어 병사들이 끝도 없이 넘어오는 모습을 본 아스피스 성의 정찰병들은 깜짝 놀랐다.

"앗, 제국의 군대다!"

"으! 맙소사! 저 많은 숫자 좀 보라고! 얼핏 잡아도 20만은 되어 보이는걸."

"이럴 때가 아니야. 어서 아시엘 님께 이 사실을 보고하세!"

아시엘은 아이리스와 라테르로부터 조만간 대규모 원정군이 아스피스 성을 향해 몰려올 것이라는 사실을 전해 들었다. 그래서 용병들 중 특히 몸이 날랜 이들을 국경 지대 곳곳에 정찰병으로 배치해 둔 터였다.

곧바로 정찰병들은 아스피스 성으로 돌아와 상황을 보고했다.

아시엘은 깜짝 놀랐다.

"지금 20만이라고 했나요?"

"예, 틀림없습니다. 20만을 넘으면 넘었지 절대 그 이하가 아닙니다."

"그렇군요. 수고 많았어요. 이만 물러가 쉬도록 해요."

"예, 아시엘 님."

정찰병이 나가자 아시엘은 타르파를 향해 말했다.

"조만간 이곳으로 대규모 원정군이 공격해 올 거라는 아이리스 황녀와 라테르 황자의 말이 틀림없었군요."

"그런데 병력의 규모가 그들이 말한 것의 두 배입니다.

10만도 아닌 20만이라니! 아무리 로이스 님이 강하다고 하지만 20만 대군을 그 혼자서 당해 내기란 불가능할 것입니다."

미스토스의 방어 결계가 버텨 주는 것도 한계가 있다. 한동안은 막아 주겠지만 미스토스가 모두 소진되어 버리면 결국 전쟁을 통해 승리를 거두지 않으면 안 되는 것이다.

그래서일까? 타르파는 불안한 기색이 역력했다. 아시엘은 눈을 빛냈다.

"우리에겐 로이스 님과 오후스! 수천의 미스토스 용병들, 그리고 이꼬트들도 있죠. 모두가 힘을 합치면 어떻게든 성을 지켜 낼 수 있을 거예요."

"하지만 그 와중에 타락한 용자의 공격을 받게 된다면 큰일입니다. 지금 즉시 아이리스 황녀와 라테르 황자를 보내 전쟁을 막아야 합니다."

"나 또한 생각이 같아요. 당장 사신을 보내야겠으니 지금 즉시 그들을 용자의 대전으로 들라 하세요."

"예, 아시엘 님."

잠시 후 용자의 대전.

누대 위 옥좌에 앉은 아시엘 아래로 타르파, 스위니, 오후스, 이꼬트 촌장 위그느크 등이 시립해 있었다.

대전 밖에서 용병 중 하나가 외쳤다.

"성주님! 라테르 이황자와 아이리스 황녀가 도착했습니다."

"들라 하세요."

그러자 아이리스와 라테르 등이 대전으로 들어왔다.

용자의 대전은 처음이었다.

사르곤 제국의 황궁에 있는 황제의 대전에 비하면 규모가 매우 작았지만, 아시엘이 앉아 있는 옥좌에서 후광처럼 일어나는 신비한 빛으로 인해 그 위엄은 황제에 비할 바가 아니었다.

라테르는 이에 무척 놀랐다. 얼마 전 성문 앞에서 봤을 때와는 판이하게 달라진 기세였던 것이다.

'황자인 내가 저절로 위축되다니 믿을 수 없구나. 이것이 바로 용자의 위엄인 것인가?'

아이리스 역시 무척 놀랐다.

'역시 전설의 용자인 것일까? 전설대로라면 용자의 성은 장차 사르곤 제국의 황성보다도 훨씬 거대하게 변할 텐데.'

또한 수많은 기사들과 대신들이 용자를 보좌할 것이다. 그 휘하의 군세는 사르곤 제국을 능가할 것이고, 능히 마왕과도 대적할 정도가 될 것이다.

물론 지금만 볼 때는 그저 작은 성에 불과하지만 말이다.

화아아악—

그때 아시엘의 옥좌가 환하게 빛났다. 아시엘의 손에는 한 장의 두루마리가 들려 있었다.

“사르곤 제국의 이황자 라테르! 황녀 아이리스는 들으라. 나 용자 아시엘은 지난번 그대들의 충언을 받아들여 사르곤 제국과 동맹을 맺고자 한다. 다만 그것을 위해서는 그대들이 말한 모든 사과와 보상이 이루어져야 할 것이다. 이 서찰에 그와 같은 내용을 적었으니, 이제 그대들이 황태자에게 나의 뜻을 전하고 사르곤 제국과 아스피스 성의 동맹을 이루도록 하라.”

그녀는 나직하게 말했지만 마치 신의 음성처럼 거부할 수 없는 위엄이 있었다. 라테르와 아이리스는 즉시 한쪽 무릎을 꿇고 공손히 머리를 숙였다.

“용자의 뜻을 받들어 기필코 제국과의 동맹을 체결하겠소.”

“중임을 맡겨 주셔서 감사해요. 반드시 동맹을 체결하겠어요.”

그렇게 아스피스 성에서 제국 원정군의 총사령관 프론스를 향해 사신이 파견되었다. 사신은 도합 네 명. 라테르와 아이리스, 세리나, 로디아였다.

성을 떠나기 전 아이리스와 로디아는 릴리아나의 꽃밭으로 들어가 로이스를 찾았다. 아시엘의 사신이 되어 떠나는 건 이미 로이스에게 허락을 받은 사항이긴 하지만, 그래도 떠나기 전 다시 보고를 하기 위함이었다.

그때 로이스는 한참 스텔라와 검술 수련 중이었다.

이는 지난 한 달 가까이 계속되어 온 것으로 로이스는 검술에 미쳐 있었던 것이다.

"로이스 님!"

"응?"

아이리스와 로디아가 찾아오자 로이스는 무슨 일인가 싶어 잠시 수련을 멈추고 그녀들을 쳐다봤다.

"무슨 일들이야?"

"지금 사르곤 제국 연합군 20만 병력이 샤론 대륙의 국경을 넘어 이곳 아스피스 성으로 오고 있어요."

"그렇군."

로이스는 별달리 놀란 기색이 아니었다. 하긴 20만이 아니라 200만이 몰려온다고 해도 로이스가 긴장하는 모습을 보이진 않을 것이다.

아이리스는 미소 지었다.

"그래서 일전에 말씀드린 대로 황태자 전하를 만나 제국과 용자와의 동맹을 체결하려고 해요."

"내가 함께 가 줄까?"

만에 하나 불상사가 벌어질 수도 있으리란 생각에 물어본 것이었다.

"아니에요."

그러나 아이리스는 황급히 고개를 흔들었다. 황태자를 설득할 때 로이스가 함께 있으면 자칫 협상이 아닌 강압이 되어 일방적으로 진행될 가능성이 농후했다.

물론 20만 대군의 수장인 황태자가 아니라 당연히 로이스의 강압이었다. 그런 불상사를 미연에 방지하기 위해서라도 로이스가 함께 가면 안 되었다.

"이번 일은 저와 둘째 오라버니만으로도 충분해요. 세리나 백작과 로디아도 수행하니 로드께서 굳이 번거롭게 함께 가실 필요는 없어요."

"그럼 잘 다녀와."

로이스는 고개를 끄덕이고는 곧바로 수련을 재개했다. 두 번 묻지도 않고 다시 수련에 돌입하는 그의 모습은 말 그대로 수련광 그 자체였다.

그는 이미 아이리스 등의 일에는 관심이 없는 듯했다.

하긴 아이리스의 계책대로 잘되기만 하면 로이스가 신경 쓸 일은 거의 없는 터다. 애초부터 사르곤 제국 따위는 안중에도 없는 로이스였기에 사소한 일에 시간을 낭비하기보다는 검술 수련이 우선이었다.

“반드시 동맹을 성사시키고 오겠어요.”

아이리스와 로디아는 공손히 허리를 숙여 인사를 하고는 꽃밭을 빠져나갔다.

그때 로이스의 검과 스텔라의 단검들이 격돌했다.

카캉! 카카캉!

놀랍게도 바람처럼 날아드는 스텔라의 단검들을 로이스가 검으로 모조리 쳐 내고 있었다.

20여 일 전과 달리 로이스의 몸에는 그 어떤 상처들도 나지 않았다. 스텔라의 모든 공격을 로이스가 완벽하게 방어해 냈기 때문이었다.

이에 초조한 건 스텔라였다.

맨손이라면 모를까 로이스가 검을 쥔 상태에서는 자신이 무조건 이길 수 있다는 자신감에 불탔던 그녀였다.

그런데 그런 자신감이 무너진 건 이미 며칠이 되었다.

며칠 전부터 그녀가 전력을 다해 어떤 공격을 날려도 로이스에게는 통하지 않았다.

마찬가지로 그녀 역시 로이스의 공격을 모조리 방어하고 있었지만, 이대로라면 언제 그런 균형이 무너질지 알 수 없었다.

‘오늘은 왠지 불안해. 자칫하면 내가 질 수도 있겠어.’

스텔라는 초조함 속에서 전력을 다했다. 로이스의 움직임이 어제와는 또 달라졌기 때문이었다.

어제까지만 해도 비교적 여유 있게 로이스의 공격을 막아 냈던 그녀였지만 오늘은 조금 힘이 들었다.

'약간이라도 틈을 허용하면 끝장이야.'

그러나 시간이 갈수록 로이스의 공격은 빨라지는 반면 스텔라의 움직임은 조금씩 느려졌다. 이는 체력 승부이기도 했다.

도저히 인간이라고 볼 수 없을 불가사의한 체력을 가진 로이스와 체력으로 승부를 보는 건 스텔라에게 무리였다.

카캉! 카카캉! 카카카칵…….

어느 순간부터 스텔라는 공격은커녕 방어에만 급급해야 했다. 간혹 한 번씩 매섭게 반격을 해 보긴 했지만 로이스는 그것을 가볍게 피하고는 더욱 빠르게 검을 휘둘렀다.

카캉!

그러다 로이스의 검에 스텔라의 두 단검이 동시에 튕겨 나오며 틈을 허용하고 말았다.

"헛!"

이에 놀란 스텔라가 잽싸게 다시 자세를 잡아 방어를 하려 했지만 이미 늦고 말았다.

번쩍!

상공에서부터 뇌전이 떨어지는 듯한 섬뜩한 검격!

그것이 끝이었다.

스텔라의 머리부터 가랑이까지 선이 그어지더니 그대로 두 쪽이 나고 말았다.

"아아악!"

전신이 반으로 쪼개지는 고통은 어떤 것일까? 지금 스텔라에게 물어보면 자세히 알려 줄 것이다.

보통 그 상태가 되면 이미 즉사한 상태지만 스텔라는 죽지 않고 살아 있기 때문이었다.

"아아악! 이, 이게 어찌 된 거죠?"

"염려 마. 여기선 절대 죽지 않으니까. 곧 릴리아나가 와서 몸을 붙여 주고 치료도 해 줄 거야."

로이스는 아무 일도 아니라는 듯 태연히 말했다. 바닥에서 전신이 두 쪽이 나 처참히 나뒹굴고 있는 부하를 향해, 그것도 자신이 그 꼴로 만든 상황인데도, 아무런 죄책감을 느끼지 않는 모양이었다.

그러나 로이스는 그 자신이 이런 꼴을 한두 번 당한 것이 아니었기에 무덤덤한 것이었다.

벌써 한 달 가까이 마검 다켈에게 도전했지만 매번 지금의 스텔라와 같은 신세가 되었으니까.

점점 검술 실력이 늘고는 있지만 마검 다켈을 이기는 건 아직도 무리였다. 그래도 이전처럼 한두 번의 격돌로 무참히 죽지는 않게 되었다는 것이 그나마 위안이긴 했다.

[미스토스의 은총이 당신의 노력에 대한 보상을 줍니다.]

[당신의 한 손 검 전술이 44단계가 되었습니다.]

'후후, 어제는 안 오르더니 오늘은 다행히 한 단계 올랐어!'

로이스는 뿌듯한 듯 미소를 지었다. 그간 꾸준히 수련한 결과 한 손 검 전술이 대폭 상승했다.

"으으으! 아무리 그래도 이렇게 막 죽이는 게 어딨어요? 너무해요!"

스텔라는 원망스러워하는 기색이 역력했다. 여전히 그녀는 두 쪽이 난 상태이니 그 고통은 말이 아닐 것이다.

"조금만 참아. 릴리아나가 곧 올 거야."

그사이 로이스는 혼자서 검을 휘두르며 방금 전의 결투를 재현 중이었다. 결투의 모든 동작을 기억한 상태라 처음부터 혼자 재현해 보며 불필요했던 움직임을 스스로 보완하기 위함이었다.

"저런! 많이 아프겠군요."

그때 릴리아나가 다가와 바닥에 두 쪽이 나 있는 스텔라를 향해 하얀 꽃잎들을 뿌렸다.

츠츠츠!

꽃잎들이 환한 빛을 내더니 스텔라의 몸이 합쳐졌고 이내 말끔한 상태로 돌아왔다. 심지어 함께 두 쪽이 났던 옷도 다시 부착되어 있었다.

"후후, 거봐. 괜찮을 거라고 했지? 죽었다 살아난 기분이 어때?"

"이런 경험은 또 처음이네요."

스텔라는 갈라졌던 부위를 손으로 슥 만지며 십년감수했다는 표정을 지었다. 그리고는 로이스를 슥 노려보며 말했다.

"이제 로드의 수련에 저는 별로 도움이 안 될 것 같아요. 내일부턴 로드 혼자서 수련하시는 게 어때요?"

그녀로서는 오늘처럼 또 죽는 경험은 하고 싶지 않았다. 로이스는 분명 내일 오늘보다 강해져 있을 테니 그녀가 무슨 꼴을 당할지는 뻔했다.

로이스는 선뜻 고개를 끄덕였다.

"뭐 그래도 상관없겠지. 그동안 수고 많았어. 네 덕분에 검술이 뭔지 많이 배웠다."

"로드께 도움이 되었다니 기쁘군요."

스텔라는 그동안의 수고에 칭찬을 받은 것보다 내일부터는 로이스와 더 이상 피 튀기는 수련을 하지 않아도 된다는 것에 기뻐했다. 그녀 역시 어디 가서 수련이라면 뒤지지 않았지만, 로이스는 예외였다.

'두 번 다시 로드와 수련은 하지 않겠어.'

그렇게 속으로 치를 떨고 있는 스텔라를 향해 릴리아나가 빙긋 웃으며 다가왔다.

"그간 로이스 님의 수련을 도와주느라 고생 많았어요. 이젠 느긋하게 성의 광장에 나가 구경도 하고 맛있는 것도 사 먹도록 해요."

그 말과 함께 그녀는 스텔라에게 30베카가 들어 있는 주머니를 건네주었다.

"고마워요, 릴리아나 님."

스텔라 역시 이곳에서 베카가 얼마나 귀한 가치를 지니고 있는지 잘 알고 있다. 봉급은 한 달에 5베카씩 주어진다고 했는데, 오늘 특별 포상으로 무려 30베카를 받을 줄이야.

'훗, 그럼 나도 한번 나가 볼까?'

스텔라는 베카가 두둑이 들어있는 돈주머니를 쥔 채 꽃밭을 나섰다. 그녀는 마치 소풍을 떠나는 어린 아이와 같이 신이 나 있는 표정이었다.

그러나 로이스는 여전히 오늘 결투를 떠올리며 조금이라도 더 강해지겠다는 일념으로 수련에 집중했다.

'두고 봐! 내일은 다켈 그놈을 꼭 이기고 말겠다!'

한낱 검 따위에게 한 달 가까이 패배하고 있으니 밤에 잠도 잘 오지 않았던 것이다.

한편 그때 아이리스와 라테르 등은 아스피스 성을 나서 사르곤 제국의 원정군이 있는 쪽을 향해 이동 중이었다.

이미 원정군의 이동 경로는 타르파가 건네준 지도를 통해 확인했다.

"방향이 틀림없다면 곧 원정군의 선봉이 보일 거예요. 황태자 전하를 설득하실 자신 있으신가요, 마마?"

로디아가 지도의 그림과 인근의 지형을 살피며 물었다. 아이리스가 자신 있는 표정으로 고개를 끄덕였다.

"물론이야. 이전부터 큰오라버니는 무엇보다 백성들의 삶을 편하게 해 주는 데 관심이 많으셨어. 백성들과 제국을 위한다면 반드시 이 일에 찬성하실 거야."

"그렇게 되길 빌겠어요."

로디아는 미소 지었다. 그러나 내심 조금은 걱정되는 부분이 없지 않았다.

'황태자 전하께서는 야심이 많으신 분이야. 과연 마마의

뜻을 따라 주실지 모르겠구나.'

그녀가 본 황태자 프론스는 나칸 못지않게 생각이 깊고 그만큼 야심도 깊었다. 도무지 무슨 생각을 하고 있는지 짐작조차 하기 힘들 정도였다.

그런데 그때 라테르 역시 로디아와 비슷한 생각을 했는지 돌연 침중한 표정으로 말을 꺼내는 것이었다.

"아이리스! 우린 이 일에 진정 목숨을 걸어야 한다. 형님을 설득하는 일이 생각보다 어려울 수도 있어."

"큰오라버니는 생각이 깊으신 분이죠. 나칸이 누군지 안다면 절대 그의 편에 서실 분은 아니에요."

"그건 네 말이 맞다. 나칸이 마왕의 하수인이라는 사실을 알게 되시면 형님은 반드시 우리의 뜻에 따라 주실 것이다."

그때 로디아가 다급히 외쳤다.

"저 앞에 제국의 경기병들이에요!"

수백 기의 기병들! 그들 사이로 푸른 와이번 문양이 그려진 깃발들이 나부꼈다.

Chapter 6
황태자의 야심

"멈춰라!"

"누구냐? 감히 제국의 군기를 막아서다니 죽고 싶은가?"

난데없이 앞을 가로막는 정체불명의 여검사를 보며 경기병들이 멈춰 섰다.

그냥 별 볼 일 없어 보이는 존재였다면 그냥 밟고 지나갔을 것이다.

그러나 지금 그들을 가로막은 여검사의 기세는 경기병들을 순식간에 압도해 버렸다.

"히힝!"

"히히힝!"

심지어 군마들도 겁에 질려 뒷걸음질 치고 있었으니 경기병들이 긴장하는 건 당연했다.

"안심하라. 나는 이황자 전하를 모시고 있는 세리나 백작이다. 저 뒤에 이황자 전하와 황녀 마마가 계시니 그대들은 잠시 진군을 멈추도록 하라."

라테르와 세리나가 아스피스 성을 나서기 직전 타르파가 미스토스의 봉인 팔찌를 풀어 주었다. 그로써 마나의 봉인이 해제된 세리나는 소드 마스터로서의 모든 능력을 발휘할 수 있었다.

"세리나 백작? 정녕 당신이 세리나 백작님이십니까?"

"그렇다. 나는 카로드 공작가의 세리나 백작이다."

제국의 군부에 몸담고 있는 이들 중 세리나 백작을 모르는 이는 없다.

카로드 공작가의 이녀이자 소드 마스터인 그녀는 언니 루니우스 후작과 더불어 모든 검을 든 기사들의 우상이기도 했으니 말이다.

경기병들이 일제히 말에서 내려 예를 취했다. 건장한 체격을 지닌 사내가 두 눈을 빛내며 물었다.

"한데 이상하군요. 이황자 전하와 황녀 마마께서는 지금 황궁에 계시는 것으로 알고 있습니다. 어찌 이런 곳에 계신다는 말입니까?"

그러자 뒤에 서있던 라테르가 직접 나섰다.

"그에 대해서는 사정이 있느니라. 모든 일은 내가 황태자 전하를 직접 뵙고 말하겠다. 어서 우리를 황태자 전하께 인도하라."

라테르의 얼굴을 확인한 경기병들은 그 즉시 부복했다.

"이황자 전하를 배알합니다. 명을 받들겠습니다."

곧바로 라테르 등은 황태자 프론스가 있는 총사령관 막사로 안내됐다.

프론스는 난데없이 행군의 앞을 가로막은 라테르와 아이리스를 보며 뜻밖이라는 듯 놀라는 기색이었다.

"라테르! 아이리스! 너희들이 어찌 이곳에 있는 것이냐?"

"사정이 있습니다."

"어떠한 사정인지 모르지만, 너희들이 아무리 제국의 이황자와 황녀라 한들 행군을 막은 것은 그냥 넘어갈 수 없는 일이다. 마땅한 이유가 없다면 엄벌에 처하겠다."

프론스의 표정은 매우 엄하게 굳어 있었다. 라테르는 긴장되어 침을 꿀꺽 삼켰다.

'역시나 형님은 변한 게 없으시군. 철저히 원칙대로만

하시는 분이야.'

"형님! 모든 걸 설명해 드릴 테니 잠시 주위를 물리쳐 주십시오. 긴히 말씀드릴 내용이 있습니다."

"큰오라버니! 부탁이에요. 이 순간을 위해 저와 둘째 오라버니는 목숨을 걸었어요."

아이리스까지 간곡히 외치자 프론스는 고개를 끄덕였다. 그는 휘하 제후들과 동맹국 수장들을 향해 말했다.

"루니우스 후작만 남고 모두들 물러가시오."

"예, 전하!"

잠시 후 막사 안에는 프론스와 루니우스 후작, 그리고 라테르와 아이리스, 로디아, 세리나만 남았다.

프론스가 물었다.

"이제 내게 긴히 하고 싶은 말이 무엇인지 말해 보겠느냐?"

그러자 라테르가 머뭇거리지 않고 말했다.

"일단 형님께서 아셔야 하는 사실이 있습니다. 바로 나칸에 대한 것입니다."

"대마법사 나칸?"

"그렇습니다."

"나칸이 왜? 혹시 그가 모반이라도 꾸민다는 것이냐? 하지만 그는 섣불리 무모한 짓을 도모할 자가 아니다. 그런 일을 벌였다간 당장 목이 달아날 것이란 사실을 잘 알고 있기 때문이지."

프론스는 대수롭지 않다는 듯 말했다. 카로드 공작과 루니우스 후작이 있는 한 나칸이 아닌 누구라도 감히 모반 따위는 꿈도 못 꿀 것이다.

"물론 그자가 항상 잔머리를 굴리는 건 나도 잘 알고 있다. 심지어 최근에는 너희들의 인형을 만들어 두고 조종하고 있다는 사실도 말이야."

이에 라테르는 깜짝 놀랐다.

"형님께서도 그 사실을 알고 계셨습니까?"

"맙소사! 어떻게 그걸?"

아이리스 또한 경악하고 말았다. 나칸이 로디아가 만들어 남겨 둔 마법 인형들을 조종하고 있으리란 것은 이미 예상했던 바라 놀랄 것은 없었다.

그런데 프론스가 이미 그 사실을 알고 있다는 것은 전혀 예상치 못했다.

프론스가 차갑게 웃었다.

"그뿐이 아니야. 너희들이 몰래 황궁을 빠져나간 것 또한 이미 알고 있는 사실이다. 내가 묵인하지 않았다면 너희들이 나갈 수 있었으리라 생각했느냐?"

"형님, 그럼 설마 우리가 어디로 가는지도 알고 계셨던 것입니까?"

"용자를 만나러 간 것이겠지. 네 고집이 어디 가겠느냐? 부황께서 네 뜻을 몰라주시니 네가 단독으로라도 용자와 만나 어떤 식으로든 문제를 해결해 보려 했을 것이다. 그리고 지금 내 앞에 나타난 것은 바로 이 전쟁을 막기 위함이 아니겠느냐?"

"……."

라테르와 아이리스는 일순 말을 잊었다. 자신들이 마치 프론스의 손바닥 위에 있는 것처럼 느껴졌던 것이다. 로디아와 세리나 역시 마찬가지였다.

결국 라테르가 크게 한숨을 내쉬며 말했다.

"모두 형님께서 알고 계시고 짐작하시는 대로입니다. 제가 따로 설명을 드릴 필요가 없으니 오히려 마음이 편하군요."

"용자의 서신을 가져왔느냐?"

"예. 여기 있습니다."

라테르는 아시엘의 친필이 적힌 서신 두루마리를 프론스에게 내밀었다.

좌악!

프론스는 두루마리를 펼쳐 쭉 읽어 보더니 픽 웃었다. 그리고는 라테르와 아이리스 등을 노려보며 물었다.

"용자의 이 제의에 대해 너희들은 어찌 생각하느냐? 우선 라테르 너부터 말해 봐라."

"저 또한 그녀와 뜻이 같습니다. 용자 아시엘은 마녀가 아니라 전설의 용자가 맞습니다. 제 눈으로 직접 확인한 사실입니다."

순간 프론스가 고개를 돌려 아이리스를 향해 물었다.

"네 생각은 어떠냐?"

"저도 둘째 오라버니와 같은 생각이에요. 제국이 용자와 힘을 합친다면 이후 라키아 대륙은 매우 평화로워질 거예요. 무고한 백성들이 피를 흘릴 이유도 없고요. 무엇보다 마왕의 세력으로부터 제국을 안전하게 지킬 수 있으니, 용자 아시엘의 제의를 반드시 수락해야 된다고 생각해요."

그러자 프론스가 두루마리를 탁자에 내려놓으며 희미한 미소를 지었다.

"라테르! 아이리스! 너희들이 목숨까지 걸고 용자를 만난 일은 모두 제국을 위한 충정에서 비롯된 것임을 잘 알겠다. 또한 너희들로 인해 나는 아시엘이 마녀가 아닌 진짜 용자라는 사실도 이제야 확신할 수 있게 됐다."

그 말에 라테르와 아이리스 등의 안색이 환해졌다.

"하면 형님께서도 아시엘의 제의를 받아들이시겠다는 뜻입니까?"

"역시 큰오라버니세요. 제 생각이 맞았어요. 누구보다 백성을 위하실 줄 아는 분이니까요."

그러나 프론스는 이내 안색을 굳히며 고개를 흔들었다.

"아니, 너희들은 날 잘못 봤다. 난 이미 이 모든 상황을 염두에 두고 있었지. 내가 궁금했던 건 아시엘이 진짜 용자인지 아닌지의 여부였을 뿐이야. 물론 그렇다고 해도 결과는 달라질 것 없어. 그저 궁금했을 뿐이다."

"그럼 형님은 설마 용자의 제의를 거절하시는 것입니까?"

라테르가 놀라 묻자 프론스가 차갑게 웃었다.

"한심한 녀석 같으니! 내가 왜 굳이 직접 대군을 이끌고 아시엘을 토벌하러 가는지 아직도 그 이유를 모르겠느냐?"

"그야 형님께서 아시엘을 마녀로 오인하셔서 벌어진 일 아닌지요."

"아시엘이 진짜 용자이건 가짜 용자이건 애초부터 아무런 의미도 없었다. 그녀는 끝까지 마녀로 남을 것이다."

이에 라테르 등은 다시 경악했다.

"대체 그 무슨 말씀이십니까, 형님?"

"큰오라버니! 어찌하여 그런 말씀을?"

그러자 프론스가 라테르 등을 노려보며 말했다.

"용자의 전설이 사실이건 아니건 백성들이 용자라는 존

재를 믿게 된다면 그것이 제국의 위상에 얼마나 좋지 않은 영향을 미칠지 생각해 본 적은 없느냐? 황궁에 폐하가 계시는데 한낱 변방 소국의 공주 따위가 용자라는 허울 좋은 명칭을 달고 감히 폐하와 맞먹으려 하는데 그것을 어찌 두고 본다는 말이냐?"

"형님, 진정 그와 같은 생각이십니까?"

라테르는 충격을 받았는지 몸을 비틀거렸다. 그는 프론스의 속을 알 수 없어 내심 걱정하긴 했다. 그러나 설마 아시엘이 용자라는 사실을 알고도 그녀를 마녀로 몰아 죽일 생각을 하고 있는 줄은 상상도 못 했던 것이다.

"큰오라버니! 용자는 정의로운 존재예요. 그녀와 전쟁을 벌이면 무고한 백성이 피를 흘리게 된다고요. 애초부터 나칸의 꼬임에 넘어가 루파인 왕국을 멸망시킨 것은 부끄럽지만 우리 제국의 실수였어요."

콰아앙!

프론스가 탁자를 손으로 내리쳤다. 그의 눈빛이 섬뜩하게 번쩍였다.

"이런 한심한 녀석들 같으니! 일국의 황자와 황녀라는 녀석들이 그 정도 머리도 돌아가지 않는다는 말이더냐? 어찌 간악한 용자의 요설에 속아 제국에 막대한 피해를 입힐 생각을 하는 거냐?"

"피해라니. 그 무슨 말씀이십니까?"

"루파인 왕국을 무너뜨린 것이 설령 우리의 실수였다고 치자. 그것을 이제 와서 인정한다면 백성들과 동맹국들이 우리를 신뢰하겠느냐? 한낱 마법사 따위에게 속았다며 변명을 한다 쳐도 황제 폐하를 비롯하여 우리 황가의 위상은 바닥으로 처박히고 말 것이다."

"하오나 형님……."

"닥치고 듣거라. 또한 용자가 내민 이 동맹 제의도 얼마나 오만무도한 것이더냐? 감히 소국의 공주 따위가 황제 폐하의 사과를 요구할 뿐 아니라 배상까지 요구하다니! 이것을 수락하면 우리 사르곤 제국이 용자의 존재를 정식으로 인정하는 정도가 아니라, 그녀에게 머리를 숙이는 꼴이다. 그렇게 되면 이후로 모두가 우리 황가를 우습게 볼 것이다."

"형님, 절대 그런 의도가 아니었습니다."

라테르는 탄식했다. 기대했던 바와는 달리 상황은 최악의 사태로 치닫고 있었다. 아이리스가 프론스를 노려봤다.

"제국의 위상을 생각하는 큰오라버니의 마음은 이해되지만 용자는 절대 우리의 힘으로 대적할 수 있는 존재가 아니에요. 부황께서 지난 과오를 인정하고 용자와 화친하는 것만이 만백성을 살리고 제국을 영원토록 보존케 할 수 있는 유일한 길입니다."

"으하하핫! 황제께서 지난 과오를 인정하고 용자와 화친을 청해야 한다고? 라테르! 아이리스! 정녕 네 녀석들은 부황의 얼굴에 똥칠을 하려고 작정한 것이냐?"

프론스는 기가 막힌 듯 크게 웃었다. 그의 안면 근육이 파르르 떨리는 것을 보면 그가 얼마나 분노했는지 충분히 짐작이 가능했다.

그러나 아이리스는 눈 하나 깜빡하지 않고 프론스를 노려봤다.

"똥칠이라니요? 백성을 위한 길이 어찌 부황의 얼굴에 똥칠하는 일이 되는 것이죠? 오히려 모두가 부황을 좋게 생각할 거예요. 진정 백성을 생각한다면 쓸데없는 자존심은 버리셔야 해요. 저와 라테르 오라버니는 그 일을 위해 목숨을 걸었다고요. 정말 실망이에요, 큰오라버니!"

"뭐라? 네가 정녕 미쳤구나. 살고 싶지 않은 것이냐?"

쫘악!

프론스가 자리에서 일어나 아이리스의 뺨을 후려쳤다.

"아악!"

아이리스는 입에서 피를 뿜으며 뒤로 나가떨어졌다. 프론스는 평소 검술 수련을 게을리하지 않았고 지금은 소드 마스터에 육박할 정도다. 그런 그이기에 대충 휘두른 것이라 해도 아이리스에게는 엄청난 충격을 주었을 것이다.

과연 아이리스는 그대로 혼절해 버렸다.

"마마, 괜찮으세요?"

로디아가 다급히 아이리스를 치료하려 했지만 프론스의 추상같은 음성이 그것을 가로막았다.

"치료할 것 없다. 그따위 망발을 내뱉은 이상 아이리스는 더 이상 황녀로서의 자격이 없어. 여봐라! 아이리스를 당장 가두고 그 어떤 먹을 것도 주지 마라."

"예, 전하!"

밖에서 대기하던 기사들이 들어와 아이리스를 끌어내려 했다.

그러자 라테르가 이게 무슨 짓이냐는 듯 기사들을 가로막았다.

"당장 멈추지 못하느냐?"

"황태자 전하의 명이옵니다. 이황자 전하께서는 물러나시옵소서."

라테르는 곧바로 프론스를 노려봤다.

"형님! 어찌 이러십니까? 아이리스는 부황과 제국을 위한 충정으로 말한 것입니다."

"닥쳐라! 이 한심한 녀석 같으니! 아이리스는 아직 철이 덜 들었다 쳐도 너마저 앞뒤 안 가리고 그저 감정대로만 행동할 셈이냐? 진정 제국을 위한 것이 무엇인지 아직도 모르겠느냐? 또 한 번 허튼소리로 날 설득하려 하면 네가 아무리 내 동생이라 해도 이 자리에서 베어 버릴 것이다."

프론스는 정말로 라테르의 목을 칠 기세였다. 라테르는 무릎을 꿇고 말했다.

"형님께서 제 목숨을 원하신다면 어쩔 수 없지요. 하지만 마지막으로 제가 하는 말을 들어 주십시오. 나칸은 마왕의 하수인입니다. 그의 제자가 마족을 부릴 뿐만 아니라 마족을 이용해 제국의 기사들과 병사들을 죽이려 한 증거도 있습니다. 지금 형님의 행동은 마왕의 하수인인 나칸이 원하는 바입니다. 부탁이니 나칸에게 더 이상 속지 마십시오."

"크하하핫! 날 뭐로 보는 것이냐? 나칸은 이번 원정이 끝나는 즉시 제거될 것이다. 이유를 불문하고 감히 황자와 황녀를 죽이려 했으며, 꼭두각시 인형을 만들어 거짓으로 폐하를 기만했으니 그 죄는 대역죄와 다름없다."

라테르의 두 눈이 커졌다.

"하면 바로 나칸을 제거하기 위해?"

"이제야 알겠느냐? 너희들이 몰래 황궁을 빠져나간 걸 묵과한 것도 모두 나칸을 제거하기 위한 명분을 만들기 위함이었음을 말이야. 이미 부황께서도 허락하신 일이다. 너희들은 부황께서 한낱 마법사 따위의 농간에 놀아나실 만큼 어리석은 분이라 보았느냐?"

"그럴 수가!"

라테르는 맥이 빠져 털썩 주저앉고 말았다.

그렇다. 지금 프론스의 뜻은 곧 황제의 뜻이었다. 황제 또한 진작부터 나칸의 음흉한 점을 알고 있었지만 오히려 그것을 이용하고 있었을 뿐, 일방적으로 그를 신뢰하지 않았던 것이다.

또한 황제는 감히 자신의 권위에 도전하는 용자를 절대 인정할 생각이 없었다.

따라서 나칸을 이용해 용자를 마녀로 몰아붙이도록 오히려 조장한 것이었다.

용자가 아닌 마녀를 제거하고, 또한 반역도인 나칸을 제거하면, 황궁의 모든 근심거리가 사라질 것은 자명한 일이니까.

"안 됩니다, 형님! 제국은 절대 용자를 이길 수 없습니다."

"닥쳐라! 한심한 놈 같으니! 그토록 알아듣게 설명을 해도 정신을 못 차리다니! 여봐라!"

"예, 전하. 하명하소서."

"라테르 또한 가둬라. 세리나와 로디아도 마찬가지다.

모두 가두고 먹을 것도 주지 마라."

"명을 받들겠사옵니다."

그러자 기사들이 와서 라테르 등을 끌고 갔다. 루니우스 후작은 자신의 동생인 세리나가 끌려가는데도 별다른 표정의 변화가 없었다. 그녀에게는 그 어떤 것보다 황태자의 뜻이 우선이기 때문이리라.

'끝났다. 이제 모든 건 끝이야.'

기사들에게 끌려가 막사 중 한 곳에 갇힌 라테르는 절망 가득한 표정으로 탄식했다.

정말로 황제와 황태자의 뜻대로 모든 일이 척척 진행될 수만 있다면 이황자인 라테르 역시 그 뜻에 따랐을지도 모른다.

그러나 황제와 황태자가 모르는 한 가지 무서운 사실이 있다.

바로 로이스!

용자 아시엘은 아직까지 그리 두려운 상대는 아니었다. 그러나 용자의 용병인 로이스는 그야말로 악몽과 같은 존재였다.

'루니우스 후작은 물론 카로드 공작이라 해도 그를 당해내기란 불가능해. 오늘의 결정으로 제국은 패망하게 될지도 모른다. 이런 일이 벌어지지 않게 하기 위해 그토록 노

력했거늘…….'

로이스의 불같은 성격을 알고 있는 라테르였다. 그가 오늘 일을 알게 되면 이제 어떤 일이 벌어질지 상상조차 할 수 없었다.

한편 프론스는 잠시 멈췄던 행군을 재개하기로 했지만, 어느덧 날이 저물어 야영이 불가피했다.

물론 행군을 속행할 수도 있을 것이다. 밤에 나타나는 잡다한 몬스터들은 20만이나 되는 원정군의 기세에 눌려 얼씬도 하지 않기 때문이다.

다만 샤론 대륙의 이상 기후가 문제였다. 자칫 병사들의 체력이 급격히 하락할 가능성이 높았다.

용자의 성을 코앞에 두고 굳이 그런 무리를 할 필요는 없으리라.

프론스 역시 막사에서 잠이 들었다.

얼마나 밤이 깊었을까?

"황태자 전하! 잠깐만 일어나 보시겠습니까?"

갑자기 귀를 울리는 음성에 프론스는 깜짝 놀라 일어났다.

"누구냐?"

"후후, 진정하시지요. 저는 전하를 해치러 온 것이 아니니까요."

검은 후드를 눌러쓰고 있는 정체불명의 사내가 프론스의 침상 가까운 곳에 선 채 알 수 없는 미소를 흘리고 있었다.

"게 아무도 없느냐? 감히 이곳이 어디라고!"

프론스가 크게 외쳤지만 주변에서는 아무런 응답도 없었다. 그러자 사내가 씩 웃더니 후드를 뒤로 넘겼다.

"소용없는 짓입니다. 이곳은 전하의 꿈속입니다. 저는 특별한 방법으로 잠시 전하를 만나기 위해 찾아왔으니 진정하시지요."

윤기 나는 흑색 머리카락을 허리까지 내려뜨린 청년이었다.

창백한 피부에 싸늘한 눈빛을 가진 그는 얼굴은 인간이지만 알 수 없는 이질감을 주었다.

프론스가 그를 노려봤다.

"꿈이라 했나?"

"그렇습니다."

믿기지 않는 일이지만 그럴 가능성이 높았다. 그렇지 않다면 그랜드 마스터 루니우스 후작을 비롯한 최강의 기사들이 지키고 있는 이곳 막사를 아무런 저지도 없이 들어오기란 불가능한 일이기 때문이다.

"그대의 정체를 밝혀라."

"저는 용자 제라칸 님의 기사 하르켄이라고 합니다."

"용자 제라칸? 또 용자인가?"

프론스가 어이없어하는 표정을 짓자 하르켄이 의미심장한 미소를 지었다.

"염려 마시지요. 제라칸 님은 이곳에서 아득히 먼 곳에 계십니다. 전하가 속한 라키아 대륙과는 인간이 평생 걸어도 마주칠 수 없는 먼 곳이지요."

"그렇다고 치지. 그런 걸 굳이 내게 말하는 이유가 뭔가?"

"제라칸 님의 존재가 라키아 대륙이나 사르곤 제국의 존망에 아무런 위협이 되지 않을 것임을 알려 드리기 위함입니다. 꿈속이 아니라면 저 또한 전하의 앞에 오지 못했을 것입니다."

"내게 무슨 용무가 있나?"

"제라칸 님은 인간들의 대륙에는 아무런 관심이 없습니다. 타락한 용자를 응징하고자 하는 데만 관심이 있을 뿐이지요."

"타락한 용자?"

"이를테면 전하께서 공격하고자 하는 아시엘과 같은 존재입니다. 그녀는 용자들을 부끄럽게 하는 매우 사악한 존재입니다."

그 말에 프론스는 뜻밖이라는 표정을 지었다.

"아시엘이 타락한 용자였다니 놀라운 사실이군. 어쨌든 그대의 용자에게 전하게. 내가 그 타락한 용자를 없애 줄 테니 염려 말라고 말이야."

"하오나 전하의 능력만으로는 아시엘을 절대 이길 수 없습니다."

"그게 무슨 말인가? 20만 대군으로 고작 수천 명이 지키는 성 하나 함락시키지 못한다는 건가?"

"용자가 미스토스의 힘으로 펼치는 방어 결계는 인간의 어떤 힘이나 마법으로도 꿈쩍하지 않습니다. 20만 대군이 아니라 200만 대군이 몰려간다 해도 그것은 마찬가지입니다."

"말도 안 되는 소리! 나보고 지금 그따위 허무맹랑한 얘기를 믿으라는 건가?"

그러자 하르켄의 두 눈이 섬뜩하게 빛났다. 마치 악령을 연상케 하는 소름끼치는 눈빛이었다.

"크큭! 여기에 구슬을 하나 놓고 가겠습니다. 혹시라도 미스토스 결계에 막혀 낭패를 보신다면 그 구슬을 던지십시오. 그럼 미스토스 결계가 사라지게 되어 아스피스 성을 손쉽게 점령할 수 있을 것입니다."

프론스는 더 이상의 헛소리는 집어치우고 사라지라 말하

고 싶었지만 마치 가위에라도 눌린 듯 입이 굳어 움직이지 않았다. 하르켄의 음침한 음성만이 몽롱하게 귓가에 울려 퍼지고 있을 뿐이었다.

"허억!"

그러다 그가 눈을 번쩍 뜨고 일어났을 때, 침소 앞에는 아무도 없었다.

당연한 일이다. 지금은 꿈이 아닌 현실이니까.

'역시 꿈이었군. 내가 별 이상한 꿈을 다 꾸었구나.'

프론스는 실소를 흘리며 다시 누우려 했다. 그러던 그는 두 눈을 부릅뜨고 말았다.

"아니, 이것은?"

놀랍게도 침상 앞에 검은 구슬 하나가 놓여 있었다.

'틀림없어. 이건 그 하르켄이라는 자가 내게 준 구슬이다. 어떻게 이런 일이?'

도무지 믿을 수 없는 일이었다. 어떻게 꿈에서 받은 구슬이 현실에 존재할 수 있다는 말인가.

'신기한 일이군.'

혹시라도 하르켄의 말대로 아시엘이 미스토스의 결계라는 걸 펼치면 사용해 보기로 했다. 물론 그런 일이 벌어질 것이라고는 생각되지 않지만.

그때 막사 문 앞에서 누군가 외쳤다.

"전하, 혹시 무슨 불편한 일이 있으시옵니까?"

루니우스 후작의 음성이었다. 프론스가 조금 전 헛바람 소리를 내며 잠에서 깨어나는 기척이 들리자 놀란 모양이었다.

"아무 일도 아니야. 잠시 꿈을 꾼 것뿐이니 신경 쓸 것 없다."

"그럼 아직 밤이 깊으니 다시 눈을 붙이시는 게 좋겠습니다."

"그리할 테니 염려 마라."

프론스는 구슬을 잠시 만지작거리다 잠을 청했다.

다음 날 새벽.

아직은 프론스의 제국 연합군 20만 병력이 잠들어 있는 이른 새벽 시간이었다.

로이스는 눈을 뜨자마자 마검 다켈이 박혀 있는 장소로 달려갔다.

'오늘은 기필코 그놈을 이기고 말 것이다!'

곧바로 검의 손잡이를 뽑자 항상 그렇듯 붉은빛이 일어나 로이스의 몸을 휘감았다.

스스스스.

동시에 적색의 장발을 흩날리며 다켈이 모습을 드러냈

다. 그는 로이스를 향해 정중히 고개를 숙여 인사했다.

"오늘도 나오셨군요. 그럼 저 역시 최선을 다해 싸우겠습니다."

처음 만났을 때에 비하면 상상이 되지 않을 만큼 정중한 태도였다.

이는 물론 로이스가 맨손으로 한 번 호되게 손을 본 이유도 있지만, 그 이후에도 로이스의 실력이 일취월장하는 모습을 보았기 때문이었다.

"당신이라면 저의 주인이 될 자격이 있습니다. 그러나 아직 저를 이기지는 못했으니 그때까지는 당신을 인정할 수 없습니다."

즉, 다켈이 로이스의 실력을 인정하고 있다는 것이었다. 조만간 그는 자신이 로이스에게 패배할 것임을 예감하고 있었던 것이다.

Chapter 7
마검 다켈의 주인

로이스는 검을 앞으로 겨누며 다켈을 노려봤다.

"오늘은 쉽지 않을 거야. 네 수법은 다 간파했거든."

"글쎄요! 과연 그럴까요?"

다켈은 검을 마주 겨누며 두 눈을 빛냈다. 광기가 가득했던 그의 눈빛은 담담하면서도 맑게 빛나고 있었다.

이는 그의 실력이 한 단계 진보했음을 의미하는 것이었다. 어떤 식으로든 벽을 넘어선 것이 분명했다. 로이스는 단번에 그 사실을 간파했다.

'또 강해진 건가?'

그렇다면 오늘의 승부 또한 결코 쉽지 않을 것이다.

그러나 로이스로서는 한편으로 반가웠다. 뭔가를 또 배울 수 있으리란 기대감 때문이다.

"그럼 내가 먼저 공격하겠다."

곧바로 로이스의 검이 전방의 공간을 번개처럼 갈랐다.

번쩍!

상공 높은 곳에서부터 거대한 검이 공간을 양분하는 듯한 가공스러운 공격!

이는 예전에 다켈이 로이스를 단번에 두 쪽 냈던 바로 그 검술이었다.

그 검술을 이제 로이스가 펼친 것이다.

놀랍게도 그 위력은 다켈의 것보다 더욱 강력했다. 마나가 아닌 미호의 힘으로 펼친 것이라 같은 검술이라도 그 위력이 비할 수 없이 파괴적이었다.

다켈은 묵묵히 검을 들어 로이스의 공격을 막아 냈다.

콰아아앙!

순간 공간이 폭발하는 것과 같은 엄청난 굉음이 나며 다켈이 뒤로 멀리 밀려났다.

로이스는 인상을 살짝 찌푸렸다.

'저걸 막아 내다니 믿을 수 없군. 역시 뭔가 또 깨달은 게 분명해.'

방금 전 일격은 적이 틈을 보였을 때 빛살처럼 그 틈을 공격하는 것으로, 상대는 사실상 피할 수 없는 무적의 초식이었다.

상공에서부터 떨어져 내리는 듯한 검의 환영은 그저 환영일 뿐이고, 이미 적의 몸은 반 토막이 나 있는 상태인 것이다.

그런데 다켈이 그것을 막아 냈다는 것은 이미 그보다 한 차원 위의 경지에 이르렀음을 의미했다.

곧이어 다켈이 로이스를 향해 검을 휘둘렀다.

우르르르! 콰아아아!

번쩍! 번쩍!

마치 토네이도가 몰아치는 듯 거센 바람과 함께 상공에서 쏟아져 내리는 뇌전의 폭풍!

그것은 가히 신의 분노를 연상케 하듯 가공스러웠다.

죽음의 폭풍이라 불리는 샤론 대륙의 토네이도 앞에서 모든 것이 파괴되었듯 저 엄청난 공격을 막아 내는 것은 인간의 힘으로는 불가능하리라.

그러나 그것은 보통의 인간일 때의 얘기다.

그 엄청난 검술 공격이 로이스를 스치듯 통과해 버렸을 뿐 아무런 피해도 주지 못했던 것이다.

그뿐이 아니다. 다켈은 복부에 큰 충격을 받은 채 털썩 주저앉은 상태였다.

"크윽! 이럴 수가……!"

이에 다켈이 믿을 수 없다는 듯 두 눈을 부릅떴다. 그러다 로이스가 맨손으로 팔짱을 낀 채 자신을 노려보고 있는 것을 발견했다.

그렇다. 로이스는 다켈의 움직임이 심상치 않다는 생각이 들자 자신도 모르게 손에서 검을 내던지고 맨손으로 공격을 피했을 뿐 아니라, 발로 다켈의 복부를 차 버렸다.

이는 본능적인 행동이었다.

맨손 전투는 무식하다는 평소의 방침조차 떠올리지 못할 만큼 다켈의 동작에 몰두해 있었던 까닭이었다.

그의 모든 동작, 심지어 눈빛과 호흡까지! 그 어떤 것 하나도 놓치고 싶지 않았다.

로이스는 맨손일 때와 달리 무기를 장착하면 전투력이 대폭 하락한다.

이는 단순한 공격력이나 방어력 정도가 아니라 전투 감각 자체가 대폭 하향되어 버리는 것을 의미한다.

그런 만큼 그가 손에서 무기를 내려놓게 되면 그의 전투 감각은 최상의 상태로 돌아오게 되며, 검술을 펼칠 때는 상상조차 할 수 없던 강력한 전투력을 발휘하게 되는 것이다.

"이런! 나도 모르게 무기를 내려놨네."

한편 로이스는 그제야 자신이 무슨 짓을 했는지 깨달았다.

다켈의 공격을 본능적으로 피해 내긴 했지만, 어떻게 피했는지 알 수 없었다.

그냥 무의식적으로, 말 그대로 몸이 알아서 한 행동이었으니까.

슥 피하고 발로 차고!

하지만 이는 물론 로이스가 원한 일이 아니었다.

맨손이면 누가 못 이기겠는가.

그럴 거였으면 진작 맨손으로 싸웠을 것이다. 힘들게 검술을 수련한 이유는 오직 검술로 다켈을 이기기 위함이었다.

"젠장! 미안하게 됐어. 오늘은 내가 패배한 거야."

"……."

순간 다켈이 잠시 허탈해하는 표정을 짓더니 힘겹게 일어났다.

"잠깐만 기다리십시오."

"다시 싸우자는 거라면 얼마든지."

로이스는 다켈이 상처를 치료하고 재결투를 요청한다 싶었는지 금세 투지를 불태웠다.

그러나 예상과 달리 다켈은 그대로 로이스에게 절을 했다.

그리고는 일어나 로이스에게 다가오더니 곧장 무릎을 꿇었다.

"로드께 이 검을 바칩니다!"

"이게 무슨 뜻? 설마 패배를 인정하다는 건가?"

"그렇습니다. 이제부터 당신을 로드로 섬기겠습니다. 당신은 저의 시험을 통과하셨습니다."

하지만 로이스는 전혀 반기는 기색이 아니었다. 검술로 다켈을 이기지 못했다면 그 스스로 용납할 수 없는 일이었으니까.

"난 방금 전 맨손으로 너의 공격을 피했다. 규칙을 어겼으니 이건 나의 패배야."

"규칙을 어긴 건 저입니다. 로드는 진작 저의 시험을 통과할 자격을 갖추셨습니다. 다만 저는 로드와 좀 더 결투를 벌이며 강해지고 싶은 욕심에 그만……."

마검 다켈의 본래 실력을 능가하면 시험이 통과된다. 그것은 이미 로이스가 달성한 상태였다.

로이스로 인해 승부욕이 되살아난 다켈이 놀랍게도 스스로의 한계를 돌파해 더 강해지면서 지금과 같은 상황이 벌어진 것이었다.

그에 대한 설명을 듣자 로이스는 수긍이 되는지 고개를 끄덕였다.

"그렇다면 널 내 부하로 받아 주지. 대신 앞으로도 계속 나와 결투를 벌이는 조건이야."

순간 다켈의 안색이 환해졌다.

"그것은 저야말로 바라던 바입니다. 매일 한 번씩 저와 결투를 해 주신다면 더 바랄 게 없을 것 같습니다. 로드께서 저의 이름을 불러 주시면 결계를 열겠습니다."

"매일 새벽마다 널 찾을 테니 계속 수련해서 강해져라. 시시하면 결투고 뭐고 없어."

"크하하하! 염려 마십시오. 로드의 명을 받들겠습니다."

다켈은 기쁜지 큰 소리로 웃으며 답했다. 곧바로 그의 모습이 환영처럼 흩어졌다.

스스스스.

동시에 로이스를 둘러싼 붉은빛의 결계도 사라졌다.

[당신은 마검 다켈의 시험을 통과했습니다.]

[당신은 마검 다켈의 주인이 되었습니다.]

[새로운 칭호 마검 다켈의 주인을 얻었습니다.]

* 마검 다켈의 주인

—칭호 등급 : 전설

—장착 시 한 손 검 전술의 위력이 대폭 상승함.

—장착 시 최대 미호가 2000 증가함.

—포식자의 위압 6단계

—마검을 던져 다켈을 소환할 수 있음. 한 번 소환 시 미호 300소모.

"오! 새로운 칭호네?"

로이스의 두 눈이 휘둥그레 커졌다.

그것도 전설 등급의 칭호였다.

포식자의 위압도 무려 6단계!

게다가 다켈을 소환하여 적을 공격하게도 만들 수 있다니!

'그렇다면 칭호를 바꿔야겠군.'

현재 로이스는 마물 학살자라는 칭호를 장착 중이었다.

* 마물 학살자

—칭호 등급 : 영웅

—모든 종류의 무기를 장착 시 공격력이 증가함.

—포식자의 위압 3단계

영웅 등급의 칭호인 이 마물 학살자는 모든 종류의 무기를 장착 시 공격력이 증가하는 효과가 있었다.

따라서 검이 아닌 다른 무기를 주력으로 사용할 때는 마물 학살자 칭호를 그대로 장착하는 게 좋을지도 모른다.

그러나 마검 다켈을 얻은 이상 당분간은 마검 다켈의 주인을 사용하는 게 나을 것이다. 무엇보다 로이스는 요즘 검술에 맛을 들인 터라 그 경지의 끝을 보고 싶어 하고 있던 참이었다.

한동안은 다른 무기보다 검술에 집중할 생각이었다.

“칭호를 마검 다켈의 주인으로 바꾸겠다!”

곧바로 이렇게 외치자.

[칭호 마검 다켈의 주인이 장착되었습니다.]

[당신의 한 손 검 전술의 위력이 대폭 상승합니다.]

[당신의 최대 미호가 2000 상승합니다.]

[당신은 포식자의 위압 6단계를 각성했습니다. 이는 당신이 분노하면 발동되며, 그때는 최상급 마족, 혹은 일부 마왕들도 당신을 향해 두려움을 느낄 것입니다.]

[마검을 던져 다켈을 소환할 수 있습니다. 소환된 다켈은 적을 직접적으로 공격합니다. 한 번 소환 시 미호가 300 소모되며, 일정 시간이 지나면 다켈은 사라집니다.]

이름 [로이스]

레벨 [45]

칭호 [마검 다켈의 주인]

신분 [미스토스 기사]

맷집 5780/5780

미호 4630/6630 (4630+2000)

"여러모로 쓸 만해졌군."

로이스의 입가에 흐뭇한 미소가 피어났다.

그간 미호를 쓰는 데도 별 부담이 없었는데, 칭호 장착으로 미호가 또 늘었다.

그러나 다켈을 한 번 소환하는 데 미호가 300이나 드는 터라 마구 남발하다간 6000이 넘는 미호라 해도 금방 바닥나고 말 것이다. 꼭 필요할 때만 한 번씩 소환해서 쓰기로 했다.

그렇게 로이스가 마검 다켈을 허리에 찬 후 기뻐하는 사이 어느덧 날이 밝아 왔다.

*　　*　　*

황태자 프론스가 이끄는 20만 대군도 그사이 일어나 준

비를 마친 후 행군을 시작했다.

그렇게 한참의 시간이 지나 다시 해가 저물 무렵.

"전하! 멀리 아스피스 성이 보입니다."

"이곳에 진영을 세워라. 오늘은 날이 이미 날이 저물었으니, 내일 날이 밝는 대로 공격을 시작할 것이다."

"예, 전하!"

곧바로 멀리 아스피스 성이 보이는 둔덕에 제국 연합군의 진영이 세워졌다.

동시에 경기병들을 필두로 한 정찰 부대들이 아스피스 성의 삼면을 누비며 성의 방어 상태 등을 살폈다.

잠시 후 정찰 부대의 수장 와트 백작이 프론스에게 달려와 보고했다.

"아스피스 성의 북쪽은 호수로 막혀 있어 육로로 공격이 가능한 곳은 남, 서, 동쪽입니다. 예상대로 성은 대략 2천여 명 정도의 병사들이 지키고 있습니다. 다만, 특이한 것은 성의 삼면의 외곽으로 알 수 없는 마법진이 펼쳐져 있어 접근이 불가하다는 것입니다."

"지금 마법진이라 했나?"

"예, 전하. 하오나 제국의 뛰어난 마법사들이라면 그 정도 마법진 따위야 얼마든지 제거가 가능하지 않겠습니까?"

"그대는 지금 즉시 마법사들과 함께 가서 그 마법진에

대해 자세히 알아보도록 하라."

"예, 전하!"

와트 백작이 물러갔다. 프론스의 두 눈에 이채가 일었다.

'마법진이라. 그것이 혹시 꿈에서 봤던 그자가 말한 미스토스의 결계는 아니겠지?'

꿈에 있었던 일은 의심 없이 믿기엔 너무 황당무계한 일이었다. 물론 그의 주머니 속에 구슬이 있다는 것 또한 황당하긴 하지만 말이다.

그런데 잠시 후 와트 백작이 상기된 표정으로 달려와 올린 보고를 듣고 프론스는 깜짝 놀라고 말았다.

"전하, 마법사들도 도통 그 마법진의 정체를 알 수 없다고 하옵니다."

마탑의 마도사 중 하나인 루하스 역시 고개를 끄덕이며 말했다.

"와트 백작의 말대로입니다, 전하! 저 성에 펼쳐진 마법진은 제가 아는 어떤 마법 지식으로도 알 수 없는 기괴한 결계입니다. 이대로라면 그 누구도 저 성을 공격하는 것은 물론이고 접근조차 불가능할 것입니다."

"루하스, 그대의 능력으로도 제거할 수 없다는 것인가?"

"송구하오나 그렇사옵니다. 전설로만 듣던 미스토스 결계가 아닌가 싶습니다만 그렇게 보자니 너무 허무맹랑한 일이라…….”

“지금 미스토스 결계라 했나?”

프론스가 쏘아보자 루하스는 당혹스럽다는 표정을 지었다.

“송구하옵니다, 전하. 신의 지식이 미천하여 어디까지나 추측에 불과할 뿐 확신할 수는 없사옵니다.”

“일단 알았으니 물러가라.”

프론스는 주머니 속의 검은 구슬을 만지작거리며 의미심장한 표정을 지었다.

‘내일 이 구슬이 정말 위력을 발휘할지 궁금하군.’

만약 이 구슬이 미스토스 결계를 없애 준다면 아스피스 성을 점령하는 건 순식간일 것이다.

한편 그때 아스피스 성은 긴장감에 휩싸여 있었다.

특히 아시엘은 멀리 성 밖에 세워진 사르곤 제국 연합군의 진영을 바라보며 수심이 가득했다.

“제국군이 이곳을 공격할 준비를 하고 있어요. 라테르 황자와 아이리스 황녀가 황태자를 설득하는 데 실패한 게 분명해요.”

그러자 타르파가 고개를 끄덕였다.

“어쩔 수 없는 일입니다. 하지만 저들이 아무리 몰려와도 미스토스 결계가 있는 한 이 성은 안전할 겁니다."

"결국 제국과의 전쟁은 불가피한 일인 것 같군요."

"예, 안타까운 일입니다."

이로써 그녀가 바랐던 루파인 왕국 백성들의 귀환은 어렵게 되고 말았다.

"비록 미스토스의 결계로 방어하고 있지만 적의 병력이 너무 많으니 이대로 시간을 끌면 우리가 불리해요. 그 전에 저들에게 치명적인 타격을 입힐 방책을 찾아야 할 거예요."

그러자 타르파가 씩 웃었다.

"방책이야 달리 있겠습니까? 로이스 님이 계시는데 말이죠."

"너무 그분께만 의존하는 것 같아서요. 혹시 다른 방책은 없나요?"

아시엘도 로이스가 나서면 저 20만 대군도 오합지졸로 변해 버릴 것이란 사실을 알고 있다. 그러나 로이스가 아무리 용병이라 해도 매번 그에게 의존하기만 하는 것은 용자로서 부끄러운 일이 아닐 수 없었다.

무엇보다 로이스에게 미안한 마음이 들기도 했다.

타르파가 머리를 긁적였다.

"방책을 찾는다면 어쩌면 찾을 수 있을지도 모르죠. 하지만 최단 시간에 적에게 치명적인 타격을 입혀 패배시키는 것이 현명합니다. 지금은 타락한 용자가 이곳을 노리고 있다는 사실을 잊으시면 안 됩니다."

"알고 있어요. 더 늦기 전에 당장 로이스 님께 도움을 요청하는 게 좋겠어요."

그냥 타르파가 총사로 각성했나 싶어서 혹시나 하고 한 번 물어봤을 뿐이다. 그러나 역시 쓸데없는 기대였음이 확인되었다.

곧바로 아시엘은 릴리아나의 꽃밭으로 향했다.

"로이스 님!"

결계 안으로는 들어갈 수 없는 터라 꽃밭 앞에서 이름을 부르자 로이스가 눈을 비비며 모습을 드러냈다.

"이 밤중에 무슨 일이야?"

"오랜만이군요, 로이스 님! 잠을 깨웠던 거면 죄송해요."

로이스는 귀환 후 한 번도 꽃밭 밖으로 모습을 드러낸 적이 없었다. 마검 다켈로 인해 검술 수련을 하느라 정신이 없었기 때문이다.

"죄송할 것은 없어. 뭔가 부탁할 게 있어서 왔겠지. 난 용병이고 넌 용자니까 당연한 일이잖아."

"그렇게 말씀해 주시니 고마워요."

"내게 부탁할 게 뭐야?"

"지금 성 앞에 사르곤 제국의 연합군이 진영을 세웠어요. 내일 날이 밝으면 성을 공격할 것 같아요. 미스토스의 방어 결계로 성을 지킬 수는 있지만 저들에게 타격을 주지 않으면 장기전으로 돌입해 결국은 우리가 불리해지게 돼요."

로이스가 씩 웃었다.

"염려하지 마. 그렇지 않아도 저놈들을 지켜보고 있으니까."

"이미 알고 있었나요?"

"물론이지. 내 방 안에 있는 지도에 다 표시되거든."

이 말은 사실이었다. 로이스가 획득한 미스토스가 많아지면서 꽃밭만 화려해진 것이 아니라 기존에 생겨났던 갖가지 기능도 더욱 발전된 상태였다.

로이스의 방 안 벽에 그려진 지도가 더욱 정교화된 것이 대표적인 예.

마치 또 하나의 눈을 통해 상공에서 아래를 내려다보는 듯 아스피스 성의 주변 모든 광경을 지도를 통해 생생히 볼 수 있게 된 것이다.

덕분에 로이스는 방 안에 앉아서도 아스피스 성의 상황을 손바닥 보듯 볼 수 있었던 것이다.

따라서 로이스는 지도를 보며 20만이나 되는 인간들이 아스피스 성 앞에 진을 치고 있는 걸 이미 알고 있었다.

놀랍게도 지도에는 그들이 사르곤 제국의 연합군이라 표시되어 있었다.

아시엘은 잘됐다 싶어 말했다.

"이미 알고 계시니 설명을 안 해도 되겠군요. 이번에도 로이스 님의 힘이 필요해요. 틈나는 대로 나가서 저들을 공격해 주세요. 그렇게 되면 저들은 오합지졸로 변해 결국 패퇴하고 말 거예요."

그러자 로이스가 다시 웃었다. 그의 눈빛이 기이하게 번쩍였다.

"넌 아직 날 잘 모르는구나. 패퇴가 아니라 전멸이라고 해야지. 난 아직 저들을 공격할지 말지 결정을 안 했어. 하지만 일단 공격을 시작하면 저놈들을 단 한 놈도 돌려보내지 않을 생각이야."

로이스는 20만 대군을 무슨 리자드맨 20여 마리 수준으로 생각하는 듯했다.

누가 들어도 무모한 생각이라 할 것이다.

그러나 아시엘은 왠지 로이스라면 가능할지도 모른다는 생각이 들었다.

"아무리 적이라 해도 저들을 모두 죽이면 안 돼요. 저들 대부분은 상관의 명을 어쩔 수 없이 따르는 평범한 백성들이에요."

그러자 로이스는 코웃음 쳤다.

"사정을 다 따지면 세상에 죽을 놈은 하나도 없거든. 일단 전쟁이 시작되면 적에겐 그 어떤 자비도 베풀면 안 돼. 그랬다간 너를 믿고 따르는 부하들이 적들에게 죽게 될 거야."

"하지만 로이스 님은 압도적으로 강하니까 아군에게 아무런 피해를 주지 않으면서도 적들을 항복시킬 수 있을지 몰라요. 무작정 죽이기보다 지난번처럼 굴복을 시키는 것이 더 멋지다 생각해요."

"그것도 맞는 말이야."

로이스는 고개를 끄덕였다. 아시엘이 물었다.

"공격은 언제 할 생각이에요?"

"저놈들이 공격을 해 오면 바로."

"그 전에 기습을 하는 게 낫지 않을까요?"

"아직 모르잖아. 내 부하들이 황태자를 설득했을지도 모르거든. 그들이 아직 돌아오지 않아서 상황을 알 수 없을 뿐이야."

아이리스 등이 아직도 황태자를 설득하는 중일 수도 있다. 그렇다면 기다려 줘야 하리라.

그러나 저들이 공격을 해 온다면 그때는 모든 계책이 실패로 돌아갔다는 뜻!

그때야말로 로이스가 나설 때였다.

그만의 방식으로 사르곤 제국을 응징할 것이다.

아이리스의 계책이 실패할 경우에는 그렇게 하겠다고 이미 말했으니까.

*　　*　　*

잠시 후 로이스는 거처의 방으로 돌아와 지도를 봤다.

'아직 별다른 움직임은 없군.'

사르곤 제국의 연합군 진영은 성의 서쪽 멀리 세워진 상태였다.

지도에서 그들은 붉은 점으로 표시되었는데, 모두 20개였다.

하나의 점마다 1만의 병사가 있음을 의미했다.

도합 20만!

그러나 지도의 신묘한 기능은 여기서 끝이 아니었으니.

로이스가 그 점 중 하나를 주시하면, 그 부분이 확대되는 것이었다.

그 점이 1천 병사들을 의미하는 10개의 점으로 분화되고, 다시 또 각각의 점을 주시하면 1백 병사들을 의미하는 점까지 분화되었다.

당연히 거기서도 주시하면 그 부분들도 확대되어 개별 1

인의 배치까지 다 확인이 가능했다.

방 안에서 적의 세부 배치까지 다 확인할 수 있는 무서운 기능인 것이다.

또한 아군들의 경우 그들의 위치도 확인이 가능했다.

적은 다 붉은 점으로만 표시될 뿐 누가 누군지는 알 수 없지만, 아이리스와 로디아, 그리고 라테르와 세리나는 위치가 그들의 이름과 함께 파란 점으로 표시되어 있었던 것이다.

'한곳에 모여 있는데, 거기서 뭘 하는지는 모르겠군.'

막사의 자세한 형태까지는 지도로 볼 수 없는 터라 아직 무사히 있다는 것 외에는 알 수가 없었다.

그렇게 로이스가 지도를 보며 고심하고 있는데 릴리아나가 찾아왔다.

"로이스 님, 아직 안 주무시는군요."

"잠에서 깼어. 내일 전쟁이 시작될지도 몰라서 적들의 배치를 좀 확인 중이야."

"실은 그 때문에 드릴 말씀이 있어서 찾아왔어요."

"뭔데? 말해 봐."

"일단 유액부터 한잔하세요."

"응."

로이스는 릴리아나가 건네준 유액 병을 들어 단번에 마

셨다.

[전투력이 상승했습니다.]

[최대 맷집과 최소 미흐가 소폭 상승했습니다.]

"후후, 고마워. 유액 덕분에 오늘도 더 강해졌어."

유액을 꾸준히 마시다 보면 가끔 이런 식으로 전투력이 상승하니 지겹다 말고 먹어야 할 것이다. 릴리아나는 미소 지었다.

"고맙긴요. 저와 미스토스의 계약을 한 로이스 님께서는 매일 유액을 드실 마땅한 권리가 있는걸요."

"그래도 매일 챙겨 주니 고맙지 뭐. 나 말고 부하들도 신경 써 주느라 고생이 많아."

그러자 릴리아나가 두 눈을 휘둥그레 뜨고 탄성을 질렀다.

"로이스 님이 그런 말도 해 주시다니 이제 다 컸군요."

"다 크다니. 내가 너보다 훨씬 나이가 많은 거 몰라?"

로이스는 못마땅한 표정으로 대꾸했다. 다 컸다 같은 말은 어른이 아이한테 하는 소리인 것이다.

"훗, 꽃의 요정은 나이라는 것이 없어요. 처음부터 완전체 즉, 어른이라 할 수 있죠."

"아무튼 하고 싶은 말이 뭐야."

"아무래도 타락한 용자가 이번 전쟁에 개입할 것 같아요. 사르곤 제국군의 진영에 타락한 용자를 의미하는 음침한 기운이 서려 있거든요."

릴리아나는 수호 요정답게 그와 같은 것도 볼 수 있는 모양이었다.

순간 로이스의 두 눈이 빛났다.

"지난번에 왔던 그놈들이 아닐까?"

"놀라지 않으시는군요."

"나야 환영이지. 그놈을 이번에는 절대 놓치지 않겠어."

로이스는 사르곤 제국 연합군은 애초부터 안중에도 두지 않았다. 그저 숫자만 많을 뿐 자신의 적수가 되지 못할 거라 생각하기 때문이다.

그러나 타락한 용자라면 마왕 못지않은 녀석이다. 심지어 마왕보다 더한 녀석도 있다고 했으니, 로이스로서는 당연히 투지가 불타오를 수밖에 없었다.

릴리아나가 말했다.

"타락한 용자라면 미스토스의 방어 결계를 해제하는 건 어려운 일이 아니에요. 지난번에도 그와 같은 일이 벌어졌죠."

"나도 그 얘긴 들었어."

"문제는 사르곤 제국 연합군이 무려 20만이나 되는 터라 그 같은 상황이 벌어지면 아스피스 성을 방어하기가 쉽지 않을 거라는 점이에요. 적의 공격 방향은 육로로만 따져 봤을 때 세 곳인데, 로이스 님이 그중 한 곳을 맡는다 해도 나머지 두 쪽은 무너지고 말 거예요. 그 와중에 북쪽 수로를 통해 지난번처럼 타락한 용자의 군대가 몰려오면 성이 점령되는 건 순식간이죠."

"그럴 수도 있겠군."

로이스는 고개를 끄덕였다. 그리고는 릴리아나를 다시 봤다는 듯 두 눈을 크게 뜨고 말했다.

"그런 것도 다 생각하다니 대단한걸."

릴리아나가 웃으며 어깨를 으쓱했다.

"호호. 이 정도야 기본이죠. 제가 이래 봬도 장차 미스토스 군주가 되실 분을 보필하는 수호 요정이라고요."

"넌 충분한 자격이 있어."

"고마워요."

"그럼 대책도 세웠겠지?"

로이스는 기대감 어린 눈빛으로 릴리아나를 쳐다봤다.

Chapter 8
대책을 세우다

릴리아나는 어색하게 웃으며 머리를 긁적였다.

"대책! 그렇군요. 대책을 세워야 하는데."

"맞아. 대책이 있어야지. 넌 머리가 좋잖아. 한번 생각해 봐."

"그게 아직 저로서는 대책까지는 무리예요. 도움이 되지 못해 죄송해요."

릴리아나는 금세 울적한 표정을 지으며 양손으로 자신의 머리카락을 움켜쥐었다. 금방이라도 머리카락을 쥐어뜯을 태세였다.

순간 놀란 로이스가 릴리아나의 양팔을 잡아 아래로 내

렸다.

“아니야. 이 정도만 해도 충분히 도움이 됐어. 그러니 머리카락 뜯지 마. 그 예쁜 머리카락이 망가지면 내 마음이 아플 거야.”

“정말이죠?”

“물론이야. 이제 나머진 내가 알아서 할게.”

“아니, 그게 아니라 제 예쁜 머리카락이 망가지면 로이스 님의 가슴이 아플 거라는 것 말이에요. 정말인가요?”

로이스는 한숨을 내쉬었다. 잘 나가다 가끔씩 삼천포로 빠지는 건 릴리아나의 주특기라 할 수 있었다.

“그냥 쥐어뜯어. 난 상관없어.”

“흥! 제가 전혀 도움이 안 되었나 보군요.”

“도움이야 충분히 됐지. 하지만 머리카락은 난 몰라.”

머리카락이 반쯤 빠져 있는 꽃의 요정이라. 뭔가 좀 이상하긴 할 것 같지만.

어쨌든 확실히 도움은 되었다. 릴리아나가 아니었으면 타락한 용자가 사르곤 제국군의 편에 서서 아스피스 성을 공격할 것이란 사실을 염두에 두지 않았을 테니까.

‘이럴 때 아이리스가 있으면 뭔가 기막힌 계책을 세워줄 텐데 말이야.’

로이스는 계책 같은 걸 세우며 싸우는 방식을 선호하지

않는다.

무작정 공격해 적을 모조리 쓸어버리는 것이 최고였다.

사실 그 혼자였다면 고민거리도 아니다.

그냥 가서 20만 대군을 다 죽이면 되니까.

그러나 타락한 용자가 사르곤 제국 연합군을 돕는 지금은 섣불리 그런 방식으로 싸웠다간 아스피스 성이 위험해질 수도 있었다.

'난 아시엘의 용병이야. 아시엘을 위험에 빠지게 할 수는 없지.'

로이스는 뭔가 계책을 세우려 애썼다. 그러자 그 모습을 지켜보던 릴리아나가 말했다.

"이럴 게 아니라 부하들을 불러 회의를 해 보는 게 어때요?"

"맞아. 그 녀석들이 있었지. 당장 불러 봐."

로이스는 반색했다. 그러고 보니 이곳에 지금 아이리스와 로디아는 없지만 라크아쓰, 란델, 스텔라가 있지 않은가.

그 즉시 각자의 거처에서 잠을 자던 라크아쓰 등이 로이스의 방으로 집결했다.

"로드, 부르셨습니까요?"

"로드! 부르심을 받고 왔습니다."

"무슨 일이죠, 로드?"

스텔라는 눈을 비비며 물었다. 한창 꿀잠을 자고 있다가 불려 와 무슨 일인지 궁금한 기색이었다.

"지금 적들이 몰려왔다. 타락한 용자도 저놈들과 한패인 것이 거의 확실해."

로이스는 간략하게 상황을 설명해 줬다. 그러자 마족 란델이 말했다.

"그야 간단한 일 아닐까요? 저라면 황태자가 있는 막사로 잠입해 그를 제압하거나 납치해 오겠습니다. 그러면 놈들이 별수 있겠습니까? 저에게 맡겨 주시면 당장 황태자를 잡아 오겠습니다."

그 말에 로이스가 픽 웃었다.

"그 정돈 나도 이미 생각해 뒀어. 다른 방법이 없으면 그걸로 할 생각이다."

둘 다 굉장히 간단한 일 같이 말하지만, 사실 보통의 전쟁에서는 불가능한 일이었다.

적의 수장이 있는 곳은 경비가 가장 삼엄한 곳이다. 당연히 강력한 검사나 마법사들도 진을 치고 있을 것이다. 그런 곳에 잠입해 적의 수장을 죽이는 게 그리 쉬운 일이라면 뭣 하러 수만, 수십만 간의 전쟁이 이루어지겠는가.

적어도 마족 정도나 되니까 이런 무식한 방법이 실현 가능하다 여긴 것이다.

그러자 스텔라가 고개를 흔들었다.

"그건 쉽지 않아요. 이런 사태를 대비하기 위해 수십 명의 가짜 총사령관들이 곳곳에 있을 거라 진짜 황태자의 위치를 찾기도 어렵고요. 더구나 그랜드 마스터 루니우스 후작은 물론이고, 소드 마스터급의 검사 십여 명이 지키고 있어요. 마법사들도 마찬가지겠죠. 몰래 기습은커녕 사실상 전면전이 벌어지는 거나 다름없어요. 혼자서 이십만에 포위되어 싸워야 하는 상황인 거죠."

나칸의 휘하에 있던 스텔라다. 사르곤 제국군의 사정도 훤히 알고 있었기에 란델의 작전이 무모하다는 것을 지적한 것이다.

로이스가 눈을 빛냈다.

"그랜드 마스터 루니우스 후작? 어디서 들어 본 것 같은데?"

그러고 보니 예전에 사기꾼 마법사 비쿠스가 말한 제국 4대 미녀 중의 하나였다. 당시에 보였던 환영으로는 마치 전투의 여신과도 같았다. 강함과 아름다움이 완벽히 조화를 이루었던 그녀를 보는 순간 로이스는 가슴이 세차게 뛰었었다.

그러나 당연히 그때의 환영은 사실이 아닐 것이다.

지금 앞의 스텔라만 해도 환영으로 봤을 때에 비하면 한참 떨어지는 외모이니까.

"그녀는 제국에 존재하는 두 명의 그랜드 마스터 중 하나예요. 검사들의 우상과 같은 존재죠."

"너보다 강해?"

로이스가 불쑥 묻자 스텔라는 잠시 침묵했다. 최상급 소드 마스터인 세리나도 순식간에 제압해 버리는 그녀였지만, 그랜드 마스터는 얘기가 달랐다.

"글쎄요. 아직 한 번도 붙어 본 적 없지만 아마도 제가 질 것 같아요. 소문대로라면 그녀는 초인일 테니까요."

"초인?"

"인간의 한계를 벗어났다고 했거든요."

"그래?"

"하지만 로드 앞에서는 그녀라고 해도 별수 없을걸요."

"그야 당연한 일이지."

"하지만 혹시라도 붙게 되면 무조건 맨손으로 싸우셔야 해요. 검술로는 절대 그녀를 이길 수 없어요."

스텔라는 당부하듯 말했다. 그러다 흠칫한 그녀는 손으로 입을 막았다. 아니나 다를까, 로이스의 두 눈 아래 음영이 드리워지더니 섬뜩한 안광이 뿜어져 나왔다.

"지금 뭐라고 했어?"

"핫, 아니에요. 설마 로드께서 무식하게 맨손으로 싸울 리는 없겠죠."

"물론이야. 난 치사하게 맨손은 안 써."

"네. 맞아요."

스텔라는 빙긋 미소를 지었다. 그러나 속으로는 어이가 없긴 했다.

'결국은 쓸 거면서.'

예전에 그녀도 이미 당했던 일이었다. 처음에는 신나게 로이스를 몰아붙였지만 갑자기 말도 안 되는 상황이 벌어졌었다.

그녀가 기억하는 것은 로이스의 주먹이 그녀의 안면을 마구 후려치고 있고, 물의 정령이 그러다 죽겠다며 말리던 장면이었다.

어떻게 그리됐는지는 전혀 기억도 나지 않았다.

그랜드 마스터 루니우스 후작과 로이스의 결투!

굳이 안 봐도 스텔라는 그 상황이 눈에 그려졌다.

로이스의 성격상 처음에는 검으로 승부를 보다가 처참하게 밀릴 것이고, 그러다 남들이 볼 때 로이스가 죽겠다 싶을 때쯤 갑자기 이변이 일어날 것이다.

그때까지 멀쩡했던 루니우스 후작이 만신창이가 된 채로 쓰러져 있고 정작 로이스는 별일 없었다는 듯 툭툭 손을 털고 있을 테니까.

마치 검술로 이겼다는 듯 검을 손에 꼭 쥐고 말이다.

'흥! 그럴 거면 처음부터 맨손을 쓰면 될 거 아냐.'

사람을 갖고 노는 것도 아니고 당하는 입장에서는 얼마나 기분이 더러운지 모른다. 차마 말을 못 하고 있을 뿐 스텔라는 당시 생각만 해도 왠지 울컥했다.

그러나 한편으로 제국의 초인이라는 루니우스 후작도 그 꼴을 당할 거라 생각하니 묘하게 위안이 되었다.

그때 로이스가 라크아쓰를 향해 물었다.

"너도 뭔가 생각나는 게 있으면 말해 봐라."

라크아쓰가 아무리 거대 거미 형상의 몬스터 부하라지만 그래도 명색이 부하이니 발언의 기회를 주는 것이 마땅할 것이다.

다른 건 몰라도 로이스는 외모로 차별하지 않았다. 이에는 몬스터 친구인 오크 대장 라개드와 어렸을 때부터 체란 산을 누비며 살았던 이유도 있을 것이다.

그러자 라크아쓰가 멋쩍은 듯 미소를 지으며 말했다.

"저라고 뭐 뾰족한 방법이 떠오르겠습니까요? 하지만 굳이 물으신다면 잔머리를 굴려 보겠습니다."

그 말과 함께 라크아쓰는 앞발 중 하나를 들어 지도의 한 부분을 가리켰다.

"여길 보십시오, 로드."

그러자 지도의 붉은 점들이 확대되며 다시 수많은 작은 점들로 바뀌었다. 그 각각의 붉은 점들은 사르곤 제국 연합군의 표시였는데, 누군지는 알 수 없지만 모양은 조금씩 달랐다.

기병은 말 형상의 그림으로, 보병은 검과 방패, 창병은 창, 궁병은 활, 이런 식이었다.

"뭘 보라는 거냐?"

로이스는 이미 다 봤던 거라 시큰둥한 표정으로 물었다. 그러자 라크아쓰가 조심스레 말했다.

"적진에 말 그림이 꽤 있어서 말입니다. 다른 건 모르지만 이 말 탄 녀석들을 쓸모없게 만드는 건 아주 간단한 일입니다요."

"그래? 어떻게?"

로이스의 두 눈이 휘둥그레 커졌다. 그뿐만 아니라 스텔라와 란델도 관심을 보였다.

기병들은 야전에서뿐 아니라 공성전에서도 매우 큰 역할을 한다. 전장의 여러 방향을 빠르게 누빌 수 있기 때문이다.

특히 야전에서의 전투는 중기병이나 경기병들이 결정적인 역할을 하는 만큼 모두 최강의 정예들로 구성되어 있다.

제국이 자랑하는 흑기병 부대도 그중 하나가 아니었던가.

그런데 그런 기병들을 무력화시킬 수 있는 방법을 알고 있다니 놀라운 일이었다.

“이곳 꽃밭에 붉은 르나므라는 풀들이 아주 많이 있는 걸 봤습니다. 그 붉은 르나므 뿌리에서 나는 냄새를 말들이 무척 싫어합니다. 그걸로 가루를 만들어 뿌리면 사람은 몰라도 말들은 절대 버텨 내지 못할 겁니다.”

그러자 릴리아나가 손뼉을 쳤다.

“좋은 생각이로구나. 붉은 르나므라면 아주 많아. 가루를 뿌리는 건 바람의 정령들에게 맡기면 될 거야.”

“케케케! 맡겨만 주신다면 부하들과 함께 붉은 르나므 뿌리를 빻아 가루를 잔뜩 만들어 놓겠습니다요.”

라크아쓰는 혹시나 싶어 말한 것이었는데 자신의 의견이 받아들여지자 신이 나는 듯 히죽 웃었다. 로이스가 미소 지었다.

“좋아. 그 임무는 네게 맡기겠다, 라크아쓰.”

“명을 받들겠습니다요, 로드!”

붉은 점에 표시된 말들의 숫자를 확인해 보니 제국 연합군 중 기병의 숫자는 대략 2만 정도였다.

불과 10분의 1 정도지만 기병들은 그들의 주력이라 볼 수 있으니 그들만 무력화시켜도 적에게 상당한 타격을 줄 수 있을 것이다.

그러나 그렇다 해도 이 상황이 크게 달라질 건 아니었다.

무려 18만의 병력은 건재하기 때문이다. 또한 라크아쓰로 인해 말들이 무력화된다 해도 기사들이나 기병 자체는 건재한 상태다.

그들이 보병으로 참전하면 결국 20만의 병력이 아스피스 성으로 쳐들어올 것은 변함없는 사실인 것이다.

2만도 아니고 20만이다. 로이스가 아무리 강하다 해도 그 많은 병력으로부터 아스피스 성을 지키는 건 쉽지 않은 일이었다. 스텔라나 란델, 오후스 등이 가세한다고 해도 마찬가지였다.

스텔라가 지도의 파란 점을 가리켰다.

"황태자를 암살하는 건 쉽지 않겠지만, 이곳에 잡혀 있는 아이리스 황녀 등과 접촉하는 건 어렵지 않아 보여요."

위치가 나와 있으니 스텔라나 란델의 능력이면 충분히 그들이 있는 곳으로 갈 수 있을 것이다.

로이스가 물었다.

"넌 그들이 잡혀 있다 확신하는 거야?"

"틀림없어요. 협상이 제대로 이루어졌다면 지금쯤 그들이 성으로 귀환했어야 정상이죠. 사실상 협상 결렬이에요.

모든 걸 떠나 황태자는 용자의 존재 자체를 부정하고 싶을 테니까요. 애초부터 무리한 계획이었어요. 성사만 됐으면 가장 좋은 방법이긴 했겠지만."

그 말에 로이스의 안색이 굳어졌다.

그는 아이리스와 로디아 등의 간곡한 부탁으로 지금껏 최대한 전쟁을 벌이지 않고 평화롭게 해결하기 위해 기다려 줬다.

그러나 그들이 잡혀 있다면 얘기가 다른 것이다.

스텔라가 눈을 빛내며 말했다.

"저에게 맡겨 주시면 일단 그들을 만나 상황이 어떻게 됐는지 알아보고 오겠어요. 아이리스 황녀라면 지금쯤 이 상황을 타개할 차선책이라도 생각해 두었을 거예요."

"내가 직접 가겠다. 부하들을 감옥에 갇혀 있게 할 수는 없지. 그들을 구해 와야겠어."

로이스가 벌떡 일어났다.

비록 아이리스가 제국의 황녀라 하지만, 지금은 그의 부하였다. 로디아도 마찬가지.

부하들이 적진에 잡혀 있는 상황에서 적을 공격하게 되면 여러모로 제약이 생길 것이다.

스텔라와 란델이 로이스를 따라나서며 말했다.

"그럼 저도 돕겠어요, 로드."

"저도 데려가 주십시오, 로드."

로이스는 고개를 끄덕였다.

"좋아. 최대한 신속하게 그들을 구출한 후 복귀할 것이다."

"예, 로드."

그때 릴리아나가 지도에 파란 점이 표시된 부분을 가리키며 말했다.

"지금은 밤이라 아무리 지도를 보고 찾는다 해도 쉽지 않을 거예요. 이 지점까지 위치를 알려 주는 이동 선을 그려 드릴게요."

"이동 선?"

로이스가 고개를 갸웃하자 릴리아나가 지도의 아스피스 성에서 아이리스 등이 위치한 파란 점까지 손가락으로 선을 그었다.

순간 지도에서 푸른색의 선이 나타나 환하게 빛나기 시작했다.

더욱 놀라운 것은 그 선이 지도뿐 아니라 실제 땅에도 보인다는 것이었다.

"뭐야? 이런 게 가능했으면 진작 해 주지 그랬어."

그랬으면 굳이 바람의 정령을 데려가지 않았어도 로이스 혼자서 스켈레톤 로드의 던전을 찾아갈 수 있었을 것이다.

그러나 다시 생각해 보면 바람의 정령이 동행하면 단순한 길잡이 이상으로 유용한 점이 많긴 하다. 다른 정령들도 마찬가지고.

릴리아나가 미소 지었다.

"이게 생각보다 많은 미스토스를 소모하거든요. 하지만 지금은 상황이 급박하니 어쩔 수 없어요. 파란 선만 따라가면 적들은 눈치채지 못해요. 돌아올 때도 그 선을 그대로 따라오세요."

"이 선대로만 가면 적이 눈치채지 못한다고?"

"일종의 결계거든요. 완전히 다른 공간이나 마찬가지라 눈앞에서 노래를 불러도 적들은 눈치채지 못할 거예요. 단, 적을 공격하거나 혹은 타락한 용자와 관련된 존재가 있으면 결계가 사라질 수 있으니 조심하시고요."

그런 편리한 기능이 있을 줄이야. 역시나 미스토스의 힘은 신비로웠다.

"그럼 다녀올게."

아무리 미스토스의 결계 선이 지켜 준다 하지만 그래도 유사시 무슨 일이 벌어질지 모른다. 로이스는 계획대로 직접 다녀오기로 했다.

스스슷!

휘휙—

잠시 후 로이스와 스텔라, 란델은 아스피스 성을 빠져나와 서쪽 사르곤 제국 연합군의 진영이 있는 곳으로 향했다.

사방은 어둠으로 뒤덮였지만 파란 선이 마치 빛의 동굴처럼 어둠 속에 길을 만들어 두어 이동이 편했다.

그러다 보니 순식간에 사르곤 제국 연합군의 진영에 도착했다.

수많은 막사들이 늘어서 있는 것을 본 로이스가 감탄했다.

"여기서 보니 진짜 많긴 하군."

지도에서 볼 땐 그러려니 했다. 그러나 막상 직접 보니 20만이라는 숫자가 얼마나 엄청난지 실감이 났다.

스텔라가 고개를 끄덕였다.

"이 파란 선이 알려 주지 않았으면 위치를 찾느라 애 좀 먹었겠죠."

덕분에 미로처럼 늘어진 길들 사이를 산책하듯 누비며 커다란 막사 앞에 도착했다.

"바로 저기예요!"

파란 선은 그 막사 앞에서 끝나 있었다. 입구 앞에 경계를 서고 있는 네 명의 경비병이 보였다.

털썩. 풀썩.

잠깐 사이에 스텔라가 어떻게 했는지 경비병들이 맥없이

그 자리에서 허물어졌다. 아무런 신음도 나지 않게 제압하는 솜씨가 기막혔다.

털썩. 털썩.

막사 안쪽에서도 마찬가지였다. 스텔라가 알아서 길을 열어 주니 로이스는 그저 느긋하게 뒷짐을 지고 걸어 들어가면 되었다.

"예상대로 여긴 포로나 죄수를 가두는 감옥 막사입니다. 저기 그들이 있군요."

어느덧 막사 안에 있는 경비병들을 모조리 제압한 스텔라가 안쪽을 가리키며 말했다.

피투성이가 된 채로 쓰러져 있는 아이리스와 라테르, 로디아, 세리나 등의 모습이 보였다.

그들은 여러 마법 금제로 인해 혼절한 상태였다.

"이놈들이 감히!"

로이스가 분노했다. 라테르나 세리나야 어차피 관심 밖의 인물들이니 그의 분노를 자극하지 못했다. 그러나 아이리스와 로디아는 그의 부하들이었다.

"내 부하들을 이 꼴로 만들다니 용서하지 않겠다."

로이스는 직접 두 눈으로 그들의 상태를 보자 아이리스의 계책이 실패했다는 사실을 확인할 수 있었다. 동맹 협상은 이루어지지 않았을 뿐만 아니라 황태자의 명령에 의해 감옥에 갇힌 상태라는 것을 말이다.

"금제를 풀었습니다. 곧 깨어날 것입니다."

란델이 아이리스 등의 마법 금제를 어렵지 않게 풀었다. 명색이 마족인 만큼 마법에도 상당한 조예가 있는 그였다.

"으음!"

"으! 여긴?"

아이리스가 신음하며 깨어났다. 그러다 그녀는 로이스가 자신을 내려다보고 있는 모습을 보고 깜짝 놀랐다.

"앗, 로드!"

"로드! 어떻게 이곳에?"

로디아 역시 믿을 수 없다는 듯 두 눈을 크게 떴다. 이어서 라테르와 세리나도 깨어나 경악하는 표정을 지었다.

"당신은?"

"어떻게 이곳에!"

로이스는 슥 손을 흔들었다.

"지금 놀라고 있을 때가 아니야. 자세한 얘기는 나중에 하고 일단 이곳을 빠져나가도록 하자."

비로소 로이스가 자신들을 구하러 왔다는 사실을 알게 된 아이리스는 감동하는 표정을 지었다. 그러나 한편으로 그녀의 표정은 수심으로 가득 찼다.

'동맹 협상이 실패했다는 사실을 로드께서 알고 말았어.

이제 저분의 분노를 누가 감당할 수 있을까?'

최소한의 희생으로 용자와 제국의 평화 동맹을 이루려 했던 아이리스의 바람은 그저 꿈으로 돌아가 버린 것이다.

성으로 귀환하는 도중 로이스는 결계 선 밖을 힐끔거려 보았다. 혹시라도 황태자가 있을 법한 곳이 보이나 싶어서였다.

그러나 수천 개도 넘는 막사가 끝없이 늘어서 있으니 하나씩 살펴본다면 몇백 개 보기도 전에 날이 새고 말 것이다.

"총사령관 막사는 찾기도 어려울 뿐 아니라 수많은 마법진을 통과하고 가야 해요. 모든 관문을 뚫고 그곳에 도착한다 해도 이미 대비를 하고 있거나 다른 곳으로 이동한 상태일 거예요."

아이리스에게 묻자 역시나 몰래 황태자의 막사를 찾아내 그를 제압하는 건 불가능하다는 답이 돌아왔다.

그 말을 들은 로이스는 픽 웃었다.

아이리스의 말도 일리는 있지만 그런 건 다른 이들에게나 해당되는 일이다.

로이스는 오히려 그런 상황을 반긴다. 많이 몰려들면 한 번에 다 해치워 버리면 되기 때문이다.

다만 지금은 부하들이 있으니 그 작전은 무리였다. 무엇보다 아이리스 등을 치료하는 일이 시급해 보였다.

"일단은 성으로 돌아간다. 대책은 그 후에 세워야겠어."

"예, 로드."

그러나 아이리스와 로디아 등은 제대로 걷지를 못했다. 라테르도 마찬가지였다.

란델이 치료 마법을 펼치고 로이스가 정령의 회복수 등을 건네줬지만 아이리스 등은 쉽게 회복되지 않았다. 매우 지독한 금제에 당했던 후유증 때문이었다.

아시엘이나 릴리아나가 미스토스의 힘으로 치료를 해 준다면 모를까 단번에 회복되기는 쉽지 않아 보였다.

다만 세리나는 소드 마스터 특유의 불가사의한 회복력 덕분인지 금세 본래의 상태로 돌아와 라테르 황자를 부축하고 있었다.

문제는 아이리스와 로디아!

이 속도라면 성으로 귀환하다 날이 새고 말 것이다.

슥.

"이대로는 안 돼. 스텔라, 로디아를 안고 따라와."

"네, 로드."

그 말과 함께 로이스가 잽싸게 아이리스를 안아 들고 달렸다. 아이리스가 흠칫 놀라는 표정으로 말했다.

"로드, 저는 괜찮아요."

"그대로 있어. 금방 도착할 거야."

"네."

아이리스는 감동했다. 로이스에게 이런 다정한 면도 있다니 의외였던 것이다. 그녀의 두 뺨이 살짝 붉어졌다.

스텔라도 로디아를 들쳐 안고 따라왔다. 라테르 황자를 부축하던 세리나도 번쩍 그를 안아 들고 달렸다.

그러자 라테르가 당혹스러워하는 표정을 지었다.

"이건 좀 그렇구나. 내가 부상을 좀 입긴 했다만."

아무리 황자라 귀한 몸이지만 여기사의 품에 안겨 이동하는 신세라니.

세리나는 별일 아니라는 듯 대답했다.

"저 속도에 맞추려면 이 방법밖에 없어서요. 그냥 눈 딱 감고 계세요. 금방 도착할 거예요."

덕분에 귀환 속도가 빨라졌다.

어느새 멀리 있던 아스피스 성이 지척으로 다가왔다.

탁탁탁.

로이스는 선두에서 말없이 달렸다. 아이리스는 그의 품에 안겨 있는 채로 두 눈을 멀뚱히 뜨고 로이스의 얼굴을 쳐다보고 있었다.

로이스는 빠르게 달리면서도 숨찬 기색이 전혀 없었다. 또한 가끔씩 걱정스러운 눈빛으로 아이리스를 내려다보기도 했다.

"아프겠지만 조금만 참아. 성으로 가면 금방 치료될 거야."

그런 로이스의 표정을 보며 아이리스는 알 수 없는 뭉클한 감정을 느꼈다.

'로드는 날 진짜로 걱정하고 있어.'

말 그대로 모든 걸 떠나 순수하게 걱정해 주는 표정이었다. 아이리스는 물었다.

"정말로 제가 걱정되시나요, 로드?"

"물론이지. 넌 내 부하잖아."

"하지만 저의 계책은 실패했어요. 로드께서 벌을 내리신다면 달게 받겠어요."

"신경 쓰지 마. 그런 걸로 널 벌할 생각은 없으니까. 그리고 실패는 네 탓이 아니야. 황태자의 탐욕 때문이지."

로이스는 아이리스를 나무랄 생각이 전혀 없어 보였다. 아이리스는 다시 감동했지만 이내 수심이 가득 찬 표정으로 물었다.

"이제 사르곤 제국을 멸망시키실 건가요?"

"응. 네게는 미안하지만 이젠 어쩔 수 없어. 가만두고 싶어도 우릴 공격해 오는데 다른 방법이 없잖아. 난 이번 전쟁에서 황태자를 죽이고 또한 사르곤 제국의 황제도 죽일 거야. 나칸은 물론이고 그를 따르던 녀석들도 모두! 그래야 두 번 다시 쓸데없는 생각을 하는 자가 나타나지 않을 테니까."

로이스의 말은 단호했다. 그는 아이리스를 내려다보며 말을 이었다.

"하지만 넌 죽이지 않아. 내 부하니까. 또한 네가 날 배신하지 않는 한 난 널 지켜 줄 거야. 그 누구에게서든."

아이리스의 두 눈에서 눈물이 흘러내렸다.

"로드…… 부탁이니 그분들의 목숨만은 살려 주실 수 없나요?"

"황제와 황태자를 살려 달라고?"

"황제나 황태자가 아닌 평범한 인간으로라도 살아갈 수 있게 해 주세요."

어차피 로이스가 마음먹은 이상 제국이 멸망하는 건 시간문제일 뿐임을 아이리스는 잘 알고 있었다.

비록 황제와 황태자가 비정한 마음을 가졌다 해도 아이리스에게는 가족이었다. 아버지와 큰오라버니를 죽게 할 수는 없었다. 그래서 그들의 목숨만은 살려 주기를 미리 부탁한 것이다.

Chapter 9
완벽한 방어 전략

로이스는 잠시 고심하는 표정을 지었다. 그러다 아이리스를 다시 내려다보며 말했다.

“생각해 봤는데 사르곤 제국을 내가 멸망시킨다고 해서 일이 해결될 것 같지는 않아. 그 자리를 두고 다른 왕국들이 서로 전쟁을 벌이며 또 다른 제국을 만들려 할 게 분명해. 그리고 나선 또 온갖 못된 짓을 하겠지. 매번 그때마다 내가 가서 손봐 주는 것은 무척 귀찮은 일이란 말이야.”

“그럼 어떻게 하실 생각이죠? 설마 사르곤 제국을 이대로 두실 건가요?”

아이리스는 로이스가 절대 그럴 리가 없다 생각했지만

혹시나 싶어 물었다.

그러자 로이스가 고개를 흔들었다.

"아니, 절대 그만둘 수 없어. 하지만 아이리스 네가 내 말대로 하면 제국을 멸망시키지 않고 너의 가족도 죽이지 않겠어."

그 말을 들은 아이리스는 깜짝 놀랐다.

"로드! 제가 무엇을 하면 되죠?"

그렇게만 해 준다면 무슨 일인들 못 할까? 아이리스는 캄캄한 어둠 속에서 빛을 본 기분이었다.

그런데 과연 로이스가 원하는 것은 무엇일까? 대체 무엇을 원하기에 제국을 멸망시키겠다는 그의 마음을 돌린다는 것일까?

결코 평범한 것은 아닐 것이다.

아이리스는 잔뜩 긴장한 표정으로 로이스를 쳐다봤다.

그때 로이스가 담담히 웃으며 말했다.

"아이리스! 네가 사르곤 제국의 황제가 되는 거야. 아니, 내가 널 황제로 만들어 주겠어."

"네?"

"놀랄 것 없어. 너라면 충분히 잘할 것 같으니까. 또한 날 실망시키지도 않겠지. 내 부하가 황제인 이상 용자 아시엘과 다툴 일도 없을 거고. 그렇게 되면 난 안심하고 여길 떠나 마왕들과 싸울 수 있어."

"여길 떠나신다고요?"

"그럼 언제까지 내가 이곳 아스피스 성에만 있을 거라 생각했어? 샤론 대륙은 매우 넓어. 아니, 그보다 더 넓은 세상도 많아. 곳곳에 용자들이 있고 그들은 마왕들과 싸우고 있어. 그중의 두목이 바로 대마왕 불칸이야. 난 대마왕 불칸을 비롯해 모든 마왕들을 다 쓸어버릴 거야. 또한 타락한 용자들도 하나도 남김없이 없애 버릴 거고."

즉, 사르곤 제국의 문제만 잘 해결되면 로이스는 아스피스 성을 당장 떠나진 않더라도 장기 출정을 부담 없이 다녀올 수 있게 된다. 여러모로 사르곤 제국은 로이스에게 골칫덩이였던 것이다.

그러자 아이리스 또한 뭔가를 깊이 생각하는지 잠시 침묵했다.

그리고는 곧바로 입을 열었다.

"로드, 저는 황제의 자리에 관심이 없어요. 저도 로드를 따라 무한의 신비한 대륙들을 누비며 로드께서 마왕들을 상대하는 데 조금이나마 도움이 되고 싶어요."

"넌 내 부하니까 얼마든지 날 따라올 수 있어. 하지만 그럼 사르곤 제국은 멸망하게 될 거야. 그래도 상관없어?"

"황제에 저보다 더 적합한 이가 있어요."

"그게 누구지?"

"라테르 오라버니요. 그분이라면 로드의 뜻을 절대 거스르지 않고 용자와 평화롭게 지내실 거예요."

그같이 말하면서도 아이리스는 속으로 씁쓸함을 금치 못했다.

엄연히 황제가 있는데 새로운 황제를 논하는 건 모반이고 반역이라 할 것이다.

그러나 그런 건 보통 때나 해당될 일이고 지금은 사르곤 제국이 멸망하느냐 마느냐의 기로에 서 있다.

이미 사르곤 제국의 존망은 로이스의 뜻에 달려 있다는 것이었다.

'용서해 주세요, 아바마마! 큰오라버니! 저로서도 이것이 최선이에요.'

그때 로이스는 다시 잠시 고심 중이었다.

그간 보아 온 라테르라면 확실히 황제의 자격은 충분했다.

처음엔 비록 오만한 태도를 보이긴 했지만, 무고한 백성들의 피를 흘리지 않기 위해 자신의 목숨까지 내걸고 용자를 찾아온 용기는 높이 살 만했다.

"그러나 난 내 부하가 아니면 믿을 수 없어. 그렇다고 라테르를 내 부하로 받고 싶은 생각도 없고."

로이스는 단호히 말했다.

"라테르 오라버니는 모두가 나칸의 음모에 동조하고 있을 때 목숨을 걸고 황제께 나아가 나칸을 벌하라고 간했던 유일한 분이에요. 그로 인해 부황의 분노를 사 온갖 불이익을 당하면서도 그 뜻을 굽히지 않으셨어요. 무엇보다 백성들을 위해서라면 목숨도 아끼지 않을 분이에요."

그러자 로이스는 슬쩍 한숨을 내쉬었다. 부하인 아이리스가 이토록 간곡히 부탁하니 차마 매정하게 거절할 수 없었기 때문이다.

"좋아. 그럼 이렇게 하자. 네 오라버니인 라테르가 용자인 아시엘의 기사가 되는 거야. 내가 아시엘에게 말해 볼 테니 넌 라테르를 설득해 봐. 그럼 난 그를 사르곤 제국의 황제로 만들겠어."

아이리스가 반색했다.

"로드의 은혜 잊지 않겠어요!"

용자의 기사가 되는 것이라면 라테르가 주저할 리가 없었다.

용자의 전설이 사실이라면, 황제로서의 권위보다 용자의 기사가 되는 것이 오히려 더욱 영광스러운 일이기 때문이다.

그때 로이스가 아이리스를 물끄러미 내려다보며 말했다.

"그보다 언제까지 계속 그러고 있을 셈이야?"

"네?"

"도착한 지 한참 됐거든."

로이스는 주위를 둘러보라는 듯 턱으로 여러 방향을 가리켰다.

아스피스 성의 광장이었다. 로디아와 스텔라, 라테르, 세리나가 근처에 선 채로 그들을 쳐다보고 있었다. 뿐만 아니라 언제 왔는지 아시엘과 타르파, 스위니의 모습도 보였다. 귀여운 이꼬트들도 구경하듯 쳐다보다 아이리스와 눈이 마주치자 빙긋 웃었다.

'앗!'

아이리스는 그제야 자신이 매우 오랫동안 로이스의 품에 안긴 채 모두의 구경거리가 되고 있었음을 깨달았다.

"죄송해요. 팔이 많이 아프셨겠네요."

"아프긴. 네가 너무 가벼워서 별 느낌도 없어. 계속 있고 싶은 거야?"

"아니에요."

아이리스는 잽싸게 로이스의 팔에서 내려왔다. 아시엘이 완드를 앞으로 내밀며 말했다.

"많이 다쳤군요. 일단 치료부터 해야겠어요."

화악—

환한 빛과 함께 아이리스의 몸이 최상의 상태로 돌아왔다. 그사이 로디아 등도 모두 회복된 상태였다.

"고마워요, 아시엘 님."

"목숨을 걸고 적진에 다녀오신 분들께 이 정도는 마땅한 도리죠. 이제 안심해요."

아시엘은 빙긋 미소를 짓고 있지만 눈빛이 묘하게 빛나고 있었다. 아이리스는 그 시선이 왠지 따갑게 느껴졌지만 모른 체했다.

그때 라테르가 여동생의 곤란함을 눈치챘는지 로이스 앞에 다가와 말했다.

"로이스 님, 방금 전 당신이 아이리스와 나눈 대화를 모두 들었습니다. 하나 저는 황제로서 덕이 부족합니다. 모든 면에서 아이리스가 저보다 나으니 부디 아이리스에게 사르곤 제국을 맡겨 주셨으면 합니다."

그러자 로이스가 차갑게 웃었다.

"이미 끝난 얘기야. 네가 황제가 되지 않으면 사르곤 제국을 멸망시키고 황제와 황태자도 모조리 죽일 것이다. 대답해 봐. 어떻게 할 거야?"

"황제가 되겠습니다."

라테르는 황급히 대답했다. 지금 체면상 사양하는 겸양의 미덕을 보일 때가 아닌 것이다. 거절하면 모든 것이 끝인데 망설일 이유가 없었다.

로이스가 고개를 끄덕였다.

"물론 네가 아시엘의 기사가 된다는 조건이야. 아시엘이 널 받아 줄지는 모르지."

그러자 라테르는 아시엘을 향해 고개를 숙이며 말했다.

"용자시여! 모든 걸 떠나 저를 당신의 기사로 받아 주시면 충심을 다해 보필하겠습니다."

그 또한 많은 생각을 했다. 무엇보다 그의 부친인 황제와 형 황태자에게 적지 않은 실망을 한 터였다. 그들의 입장에서 보면 라테르의 이 모습이 모반과도 같은 대역무도한 행위일지 모르지만, 백성들을 위하고 제국의 미래를 위하려는 그에게는 이것이 최선의 길이었다.

세리나 또한 라테르의 뜻에 동조했는지 그의 뒤에서 말했다.

"용자시여! 라테르 전하를 따라 저도 당신을 충심으로 보필하겠어요."

아시엘은 로이스와 시선을 마주친 후 고개를 끄덕였다. 그리고는 고개를 돌려 다시 라테르 등을 쳐다봤다.

그녀 또한 로이스와 아이리스가 나눈 대화를 모두 들었다. 라테르는 황자라는 신분은 물론이고 목숨까지 내려놓고 용자와 제국의 동맹을 이루려 했던 만큼 충분히 용자의 기사 자격이 있었다.

그래서 그녀는 이미 심중으로 라테르와 세리나를 기사로 받아들이기로 결심한 터였다.

"당신들의 그 뜻을 받아들이죠. 그대들은 즉시 용자의 대전으로 오세요."

곧바로 라테르와 세리나 등은 광장 북쪽에 있는 궁전으로 들어갔다.

그곳 2층에 용자의 대전이 있었다.

"전시로 급박한 상황이니 모든 절차를 생략하고 지금 바로 작위를 내리도록 하죠."

아시엘은 용자의 권좌인 푸른빛의 옥좌에 앉았다. 그 순간 그녀의 전신에서 뿜어져 나오는 기세는 가공스러웠다.

"라테르, 세리나는 들으라! 그대들을 나 아시엘의 기사로 임명하노라. 이후로 신비한 미스토스의 은총이 그대들에게도 임할 것이라."

그녀의 위엄 있는 음성이 울려 퍼지는 순간 옥좌에서 환한 빛이 일어나 라테르와 세리나의 몸을 휘감았다.

"오……!"

"아!"

라테르와 세리나의 입에서 탄성이 튀어나왔다.

방금 전 빛이 몸을 휘감는 순간 마치 목욕을 하고 새 옷으로 갈아입은 것처럼 전신이 개운해졌고 또한 상쾌하면서도 은은한 향이 났다.

그러나 단순히 그것 때문에 놀란 것이 아니었다.

빛이 주는 알 수 없는 감동 때문이었다.

정확히는 말할 수 없지만 그 빛은 마치 정의로움의 정화와 같았다.

사악한 마왕과 맞서는 용자가 추구하는 것이 바로 그것이기 때문인 걸까?

라테르와 세리나의 두 눈에서는 자신들도 모르게 눈물이 흘러내리고 있었다.

뒤쪽에서 그 장면을 본 로이스가 부럽다는 듯 말했다.

"용자가 가장 멋져 보이는 게 바로 저 때야."

"확실히 멋지군요."

아이리스가 고개를 끄덕이며 말을 이었다.

"책에서 본 적 있어요. 저 빛을 받으면 미스토스의 힘으로 인해 신비한 능력을 갖게 된다고요."

"맞아. 나도 책에서 봤어."

로이스는 체란산에 있을 때 〈카니안의 용자〉와 같은 용자 소설을 한두 번 본 것이 아니다. 수십 번이고 반복해서 봤던 것이다.

용맹한 전사들에게 미스토스의 빛을 비춰 그들을 기사로

임명하는 용자의 멋진 모습!

그것 때문에 용자가 되고 싶은 마음이 들기도 했는데, 로이스는 그와는 다른 길을 걷게 되었다. 물론 이제는 그 길이 더욱 멋져 보이기에 용자가 되지 못하는 것이 결코 아쉽거나 하지는 않았다.

'이제 마족 한 놈만 더 해치우면 미스토스 상급 기사가 되는데 인간들과 전쟁이나 벌이고 있다니.'

로이스는 얼른 사르곤 제국의 문제를 해결하고 다시 마족들을 찾아 나설 생각이었다. 물론 그 전에 타락한 용자 제라칸도 해치워야 할 것이다.

* * *

잠시 후 용자의 궁전 3층 회의실.

커다란 원탁을 사이에 두고 아시엘, 타르파, 스위니, 라테르, 세리나, 오후스가 앉았다. 또한 로이스와 아이리스, 로디아, 란델, 스텔라도 앉았다.

아이리스가 원탁에 배치된 지도를 보며 말했다.

"잠시 후 날이 밝으면 사르곤 제국군이 쳐들어올 거예요. 타락한 용자도 있다고 하니 미스토스 결계는 의미가 없는 상황이죠. 20만 대군을 효율적으로 막아 내지 못하면 아스피스 성은 순식간에 점령되고 말 거예요."

그러자 로이스의 두 눈이 차갑게 빛났다.

"그런 일이 벌어지면 난 저들을 다 죽이고 말겠지."

성이 점령된다 해도 로이스가 죽는 건 아니다. 저들의 숫자가 많고 사방에서 밀려들다 보니 로이스가 미처 막아 내지 못하는 상황이 벌어질 뿐이다.

따라서 그런 상황이 되면 로이스는 결국 닥치는 대로 죽이고 죽일 것이다.

결론은 다시 성을 되찾을 것이고, 적들은 전멸하게 된다는 것!

모두가 우려하는 최악의 상황이었다.

아이리스가 고개를 흔들었다.

"그런 일은 절대 벌어지지 않아요. 이미 완벽한 방어 전략을 세워 두었으니까요."

"완벽한 방어? 미스토스 결계가 없는데도 그게 가능해?"

"물론이죠. 그렇게 방어를 하면서 적진을 관찰하면 총사령관의 위치도 금방 알 수 있게 돼요."

그 말에 로이스의 눈이 빛났다.

"그럼 금방 끝낼 수 있겠군."

황태자만 제압하면 이 전쟁은 끝이다. 로이스가 있기에

가능한 전략이었다.

오직 그만이 루니우스 후작과 소드 마스터들의 합공을 이길 수 있기 때문이다.

그 후에 로이스는 라테르, 아이리스 등과 함께 샤론 대륙의 국경을 넘어 라키아 대륙으로 이동한다.

그리고 곧바로 공간 이동 마법진을 통해 황궁 인근에 도착, 곧장 나칸을 죽이고 카로드 공작을 제압한 후 황궁을 장악한다는 계획이었다.

물론 말이 쉽지 이 얼마나 허무맹랑한 계획인가?

그러나 가히 무적의 전투력을 가진 로이스가 있어 충분히 가능한 일.

거기에 황궁의 사정을 잘 알고 있는 아이리스와 라테르가 협조하는 이상 황궁은 순식간에 장악될 것이다.

최대한 빨리 황궁을 장악하는 것만이 희생을 대폭 줄일 수 있는 방법이었다.

아이리스는 이미 그에 대한 모든 상세한 계획을 세워 둔 터였다.

잠시 후 새벽.

사르곤 제국 연합군의 진영은 날이 밝아 오기 전부터 분주했다.

또한 총사령관의 막사에는 이미 제후들과 동맹국의 수장들이 모여 있었다.

황태자의 측근 중 하나이며 이번 원정군의 참모인 자이르트 후작이 아스피스 성 공략을 위한 작전을 설명했다.

"아스피스 성은 지도에서 보이듯 북쪽은 호수에 의해 막혀 있지만 삼면이 육로로 빵 뚫려 있어 공략이 어렵지 않습니다."

사르곤 제국 최고의 병법가라 불리는 자이르트 후작이 세운 작전!

그것은 북쪽 수로를 제외한 삼면으로 적을 끊임없이 몰아붙이는 것이었다.

이는 압도적인 병력의 우위를 차지하고 있는 제국 연합군이 취할 수 있는 가장 상식적이면서도 강력한 작전이었다.

자이르트 후작의 설명이 끝나자 황태자 프론스가 모두를 훑어보며 말했다.

"어느 쪽이든 뚫리기만 하면 성을 점령하는 건 아주 쉬운 일이요. 성문을 돌파하는 이와 해당 국가에게는 황제 폐하께서 친히 아주 특별한 포상을 내리실 것이니 제국을 위한 여러 동맹국들의 용맹과 진정성을 보여 주길 바라겠소."

"하하하! 성문은 우리 론트 왕국이 뚫어 보이겠소."

"크하하핫! 이번에야말로 한니아 왕국의 용맹을 증명해 보일 것이오!"

각 동맹국 수장들의 눈빛이 투지로 불탔다. 그들 모두 차기 황제가 될 프론스에게 잘 보이기 위해 이번 원정에 참전한 만큼, 서로 공을 세우기 위해 안달이 나 있었다.

프론스는 그런 그들의 심리를 이용해 동맹국들에게 우선적으로 총공격을 감행케 할 생각이었다.

명색이 공성전인 만큼 처음엔 적지 않은 희생자가 나올 터.

그런 희생은 모두 동맹국들의 몫이다.

제국의 정예 병사들은 대기하고 있다가 아스피스 성의 저항이 한계에 달했을 때쯤 동맹국 병사들의 시체를 밟고 돌진해 단숨에 성을 점령할 것이다.

'아스피스 성이 쉽게 무너지지 않았으면 좋겠군.'

그래야 동맹국 병력의 희생이 커질 것이다.

제국은 손 하나 대지 않고 그들의 군사력을 떨어뜨릴 수 있는 것이니, 추후 동맹국들을 점령할 때 아주 수월하지 않겠는가.

'내가 황제가 되면 대륙의 모든 왕국들을 다 복속시켜 제국의 영지로 만들 것이다. 라키아 대륙에는 오직 하나의

나라만 존재하게 될 것이다.'

이것이 바로 프론스의 야심이었다. 동맹국의 수장들은 프론스가 이와 같은 속셈을 가지고 있는 줄은 꿈에도 모른 채 그에게 이용당하고 있는 것이었다.

'다만 한 가지 걸리는 게 있어. 대체 어떻게 그 녀석들이 탈출을 했을까?'

간밤에 감옥에 가둬 뒀던 라테르 일행이 감쪽같이 사라진 사태가 발생했지만, 지키고 있던 병사들 중 누구도 어떻게 이런 상황이 벌어졌는지 알지 못했다.

'일단 지금은 그런 일에 신경 쓸 때가 아니야.'

총공격이 임박했다. 라테르 등의 탈출 사건이 꽤 신경 쓰이긴 하지만 지금은 그보다 전투를 승리로 이끄는 것이 더 중요했다.

"이제 제장들과 동맹국 수장들은 각자 배정받은 위치로 가 명이 떨어지길 기다리시오! 잠시 후 날이 밝으면 총공격을 시작하겠소."

"예, 전하."

모두들 기다렸다는 듯 총사령부를 나섰다. 자이르트 후작이 물었다.

"전하, 미스토스 결계는 어찌하는 것이 좋겠습니까? 지금 세운 작전은 미스토스 결계가 없을 때에만 최고의 위력을 발휘할 뿐이옵니다.”

“내가 그에 대한 대비책도 없이 그대에게 그 같은 작전을 세우라 명했겠소? 이미 다 대비가 되어 있으니 염려 마시오.”

프론스는 옆의 루니우스 후작에게 검은 구슬을 건넸다.

“루니우스, 그대는 내가 총공격 명령을 내리면 그 즉시 미스토스의 방어벽에 접근해 이 구슬을 던지고 돌아오라. 최대한 신속하게 해야 할 것이다.”

“명을 받들겠습니다, 전하!”

루니우스는 구슬을 한 손에 쥔 채 고개를 숙였다.

잠시 후 날이 밝았다.

전 병력이 출진 대형을 갖추자 프론스가 검을 빼 들고 크게 외쳤다.

“나 사르곤 제국의 황태자이자 원정군 총사령관 프론스가 명한다. 허황된 전설을 빙자하여 용자를 사칭한 마녀 아시엘을 이제 위대한 사르곤 제국의 황제 폐하의 이름 아래 처절히 응징할 것을 명하노라! 전군 총공격하여 아스피스 성을 단숨에 점령하도록 하라!”

“와아아아아!”

“총공격하라!”

“마녀 아시엘을 죽이자!”

20만 대군이 질러 대는 함성은 마치 거대한 폭풍이 밀려오는 듯했다.

두두두두!

아스피스 성에서 그 광경을 쳐다보고 있는 미스토스 용병들의 표정은 딱딱하게 굳어 있었다.

"뭘 그리 걱정하는가? 우리에겐 미스토스의 결계가 있다고."

"그건 그렇지만 적들의 숫자가 너무 많아!"

"흐흐, 그래 봤자 미스토스 방어벽을 뚫지는 못할 걸세!"

용병들은 그렇게 웅성거렸다. 대부분 압도적인 적의 병력 앞에 두려워하면서도 미스토스 결계가 저들을 막아 줄 거라 기대했다.

그러나 그때 갑자기 결계 앞쪽에 나타난 정체불명의 여기사!

그녀가 던진 검은 구슬로 인해 미스토스 결계의 방어벽이 마치 깨진 유리처럼 산산이 조각나 버리고 말았으니!

콰아아앙! 파스스스스—

그와 함께 사르곤 제국 연합군의 병력이 아스피스 성의 서, 남, 동쪽을 포위하며 동시에 돌진해 왔다.

두두두두!

지축이 울리는 소리와 함께 미스토스의 방어벽이 있던

경계를 넘어 제국군이 몰아닥치자 아스피스 성 서쪽 성벽의 용병들은 기겁했다.

"이, 이런! 결계가 뚫렸다!"

"말도 안 돼!"

"으아아! 대체 저 많은 적들을 무슨 수로 막는다는 건가?"

그런데 그때였다.

"쿠하하하하! 겁내지 마라. 나 란델이 있는 한 저놈들은 단 한 놈도 살아 돌아가지 못할 것이다."

마족 란델이 거대 원숭이 형상의 본신으로 변해 서쪽 성문 앞에 떡 버티고 섰다.

그뿐이 아니었다.

휘이이! 휘이이잉!

갑자기 돌풍이 일어나 적들을 휘감는 순간 말들이 일제히 난동을 피우기 시작했다.

"키히히힝!"

"히히잉!"

기병들이 당황하며 말들을 달랬지만 소용없었다.

순간 라크아쓰를 비롯한 네이더들이 키득거렸다.

"케케케! 붉은 르나므 가루를 뿌린 이상 오늘 전쟁에서 말들은 전혀 힘을 쓰지 못할 것이다."

"그런데 코는 물론이고 눈도 매워 죽겠습니다요, 두목."

"크으으! 나도 죽을 지경이다. 하지만 참아야 한다. 아직 남쪽과 동쪽도 남았어."

라크아쓰의 눈에서도 눈물이 쏟아져 내렸다. 바람의 정령 라샤가 재촉했다.

"뭣들 하는 거지? 어서 남쪽으로 이동해 가루를 뿌려. 그래야 내가 그 가루를 적에게 날려 보낼 수 있어."

"알았으니 보채지 마라."

라크아쓰 패거리는 붉은 르나므 가루가 잔뜩 들어 있는 자루들을 들고 아스피스 성 남문 쪽으로 향했다.

"으으! 이런 말도 안 되는 일이!"

그때 론트 왕국의 왕세자 하콘이 이를 갈았다.

론트 왕국은 라키아 대륙 북부의 강국 중 하나다. 왕세자 하콘이 직접 1만 명의 병력을 이끌고 참전했는데, 그의 병력 중 2천의 마궁기병(魔弓騎兵) 부대야말로 최정예 전력이었다.

마법이 깃든 화살로 인해 마궁기병들은 보통의 화살에 비해 두 배 이상의 거리를 날려 보낼 수 있다.

적 궁병들의 공격이 미치지 못하는 안전 거리에서 적을 공격할 수 있는 것이다.

그러다 보니 공성전에서도 마궁기병들이 먼저 나서서 활

을 쏘면 성벽 위를 초토화시켜 버릴 수 있었다.

그러나 지금은 그것 자체가 불가능했다.

“일단 마궁기병들은 후퇴하여 말들을 진정시켜라.”

붉은 르나므 가루의 효력 덕분에 서쪽을 공격하던 론트 왕국의 마궁기병들은 일제히 후퇴했고 보병들이 충차와 발리스타를 밀며 돌진했다.

그 순간 마족 란델이 훌쩍 도약하더니 충차와 발리스타가 있는 곳으로 착지했다. 그리고는 주먹을 휘둘러 그것들을 부수기 시작했다.

“으악! 마, 막아라!”

“충차를 보호해…… 크악!”

콰쾅! 콰지직!

란델은 공성 무기들만 골라 부순 후 다시 성문 앞으로 돌아갔다.

그를 향해 론트 왕국의 궁병들이 화살을 비 내리듯 쏟아붓고 있었지만, 화살들은 그의 털끝 하나 건들지 못하고 모조리 튕겨 나갔다.

그것도 그냥 튕겨 나간 것이 아니라 그 화살을 쐈던 궁병들에게 그대로 되돌아가는 것이었다.

팍! 파팍!

“으악!”

"크아악!"

이에 고무된 아스피스 성의 용병들도 힘차게 활을 쏘아 대니 론트 왕국의 병사들은 쓰러지기 바빴다.

"네 이놈! 사악한 괴수 따위가 감히 어디서 날뛰느냐?"

결국 론트 왕국 최강의 검사인 나크 공작이 오러 블레이드의 광채를 번쩍이며 모습을 드러냈다.

나크 공작은 론트 왕국을 통틀어 단 한 명뿐인 소드 마스터다. 그는 란델을 반드시 처치하겠다는 일념으로 비 오듯 쏟아지는 화살들을 무시한 채 바람처럼 달려왔다.

'저 괴수 놈만 죽이면 서쪽 성문을 뚫는 건 어려운 일이 아니다.'

그러나 그는 란델의 근처로 접근하지 못했다. 갑자기 상공에서 번개처럼 떨어져 내리는 붉은 광채 때문이었다.

슈우웅!

"헉!"

깜짝 놀란 나크 공작은 검을 휘둘러 그것을 막았다.

콰앙!

순간 폭음과 함께 나크 공작은 뒤로 쭉 밀려났다가 간신히 멈춰 섰다. 그런 그를 향해 또 하나의 붉은 광채가 날아왔다. 그 뒤를 이어서 또! 아니, 끝이 없었다.

콰앙! 쾅!

"쿠억!"

결국 나크 공작은 세 번째 공격에 속절없이 무너졌다. 그는 가슴이 뻥 뚫린 채 이 상황이 믿기지 않는다는 듯 몸을 부르르 떨더니 그대로 널브러졌다.

Chapter 10
적들이 맥을 못 추다

휘휘휘획—

나크 공작을 해치운 붉은 광채들은 계속해서 인근에 위치한 지휘관들의 목도 날려 버렸다.

서걱! 뎅겅! 푸확!

"크아악!"

"아악!"

그렇게 공중을 누비던 붉은 광채들은 아스피스 성의 서쪽 성루 쪽으로 돌아갔다.

그 광채들은 차크람들이었다.

전설 등급의 무기인 하페온의 차크람!

특히나 파괴의 마력석까지 부착되어 그 위력은 상상을 초월했다.

'원거리 무기가 이럴 땐 편하네.'

로이스는 중앙 망루 위에서 사방을 살피다 성의 어느 쪽에서든 강적이 출현하면 즉각 지원을 나서는 중이었다.

그래서 지금은 서쪽 성벽으로 내려와 나크 공작을 해치웠다.

팟.

차크람을 회수한 로이스는 볼일 끝났다는 듯 다시 중앙 망루 쪽으로 돌아갔다.

나머진 란델과 용병들의 힘으로 충분히 막아 낼 수 있을 테니까.

그사이 론트 왕국의 병사들은 충격에 휩싸여 있었다.

"아앗! 나크 공작님이 당하다니!"

"크으으! 백부장님이 죽었어!"

"라, 랄드 백작님의 목이 잘렸다."

론트 왕국에서는 전설적인 존재이자 모든 검사들의 우상이었던 나크 공작의 허망한 죽음 앞에 병사들의 사기는 급락했다.

"쿠오오오오오오! 다 죽여 버리겠다. 쿠하하하!"

게다가 그 순간을 기다렸다는 듯 란델이 커다란 포효를

날리며 론트 왕국의 선봉 부대를 마구 후려치기 시작했다.

"크아악! 살려 줘!"

"나크 공작님도 당했는데 우리가 어떻게 저놈을 이긴다는 말이냐?"

"일단 피해라!"

그렇게 서쪽 성문을 선봉에서 공격하던 론트 왕국의 1만 병력이 우왕좌왕하는 오합지졸로 변해 버렸다.

그 시간 남쪽 성문 앞.

미스토스의 방어 결계가 사라지자 한니아 왕국이 자랑하는 날렵한 중보병 부대가 바람처럼 성벽을 향해 돌진했다.

중갑주를 입었으면서도 경보병 못지않은 빠른 움직임을 보일 수 있는 이유는 그들의 갑주에 경량화 마법이 펼쳐져 있기 때문이었다.

한니아 왕국은 검술보다 마법이 발전한 나라이다 보니 소드 마스터급 검사는 없지만 마도사급 마법사는 여럿 존재했다.

그들 중 하나가 이번 원정에 참전했다.

"후후후, 우리 한니아 왕국은 최소한의 피해로 최고의 성과를 낼 것이다. 적의 화살 따위는 무시하고 최대한 빨리 돌진해 성벽을 점령하라!"

중보병들은 어지간한 검이나 화살은 그냥 튕겨 버리는

철갑을 전신에 두른 터였다. 그런 그들의 약점은 무거운 장비로 인해 이동 속도가 느리다는 것인데, 마법으로 인해 그 단점이 사라졌으니 거칠 것이 있겠는가.

그야말로 전장에서 절대 마주치기 싫은 공포의 보병 부대가 바로 한니안 왕국의 중보병대였다.

그러나 그들의 앞에는 전혀 상상도 못 한 존재가 가로막고 있었으니!

"저길 보십시오! 웬 소녀가 앞에 있습니다."

"그렇군. 저 소녀는 누구지?"

선봉으로 달려가던 병사들의 외침에 중보병대의 백부장인 닐스 남작이 고개를 갸웃했다.

신비한 푸른 머리카락에 녹색 홍채! 하얀 피부를 가진 그녀는 무척 아름다웠지만 뭔가 인간답지 않은 이질적인 분위기였다.

"인간이 아닐지도 몰라. 뭔가 수상하군."

"어떻게 할까요?"

"없애 버려라! 이곳에 있다는 건 마녀 아시엘의 하수인임을 의미하니까."

"흐흐, 알겠습니다."

잠시 멈칫했던 중보병들이 다시 돌진했다. 그러자 성벽위에서 알 수 없는 빛무리들이 무수히 생성되더니 상공에서 휘돌기 시작했다.

그 순간 앞의 소녀가 한 손을 움직였다.

화악! 번쩍! 번쩍! 화아아악!

소녀가 가리키는 곳을 향해 상공의 빛무리들이 쏟아져 내렸다. 그 빛들은 중보병들을 모조리 휩쓸고 지나갔다.

"으, 으윽! 이건!"

"갑자기 몸이 무거워진다."

"경량화 마법이 풀리다니! 이게 어찌 된 일이냐?"

그 같은 상황에 놀란 것은 중보병들뿐이 아니었다.

멀리서 상황을 지켜보고 있던 한니아 왕국의 마도사 르나르 공작은 뜻하지 않은 상황에 두 눈을 부릅떴다.

그러다 그는 성벽 위 병사들 사이에서 귀엽게 생긴 토끼 귀를 가진 인간들이 지팡이를 겨눈 채 주문을 외우고 있는 것을 발견했다.

"으음! 토끼 귀에 인간의 형상을 가진 존재들이라. 전설로만 듣던 이꼬트 주술사들이 분명해. 저것들이 저 앞의 소녀와 힘을 합쳐 주술을 펼친 거야."

마도사 르나르는 그로 인해 중보병들의 경량화 마법이 해제된 것임을 간파했다. 이꼬트들이 있는 한 한니아 왕국의 중보병대는 무력해질 수밖에 없었다.

"궁기병 부대는 즉시 돌진하라! 당장 저 소녀를 죽이고 성벽 위에 있는 이꼬트 주술사들도 모조리 없애라!"

"예, 르나르 공작님."

궁병부대도 있지만 지금처럼 급박한 상황에서는 기동성이 강한 궁기병들이 훨씬 유용했다.

더구나 그들 역시 론트 왕국의 마궁기병대 못지않은 사정거리를 가진 터라, 빠르게 돌진해 순식간에 아군의 진로에 방해되는 장애물을 제거할 수 있었다.

"으하하, 돌진하라!"

"성벽 위를 향해 활을 쏴라!"

두두두! 두두두두!

경량화 마법이 풀려 이동 속도가 느려진 중보병들이 뒤로 서서히 빠짐과 동시에 1천여 기의 궁기병들이 잽싸게 돌진했다.

그러나 그 순간 갑자기 군마들이 난동을 치며 나뒹굴기 시작하는 것이 아닌가?

"히힝!"

"히히힝!"

궁기병들이 군마에서 떨어지며 목이 부러지는 등 그야말로 눈 뜨고 못 볼 지경이었다.

"으아악! 말이 이상합니다."

"크아악!"

물론 그것은 라크아쓰 패거리와 바람의 정령들이 뿌려놓은 붉은 르나므 가루 때문이었다. 라크아쓰가 키득거렸다.

"케케케! 여기서도 한 건 했군."

"크으! 그런데 이제 코가 마비된 것 같습니다요."

"저는 눈이 부어서 앞이 안 보일 지경입니다요."

"시끄럽다. 나도 죽을 지경이란 말이다. 이제는 동쪽이니 모두 이동해!"

"예, 두목!"

라크아쓰는 네이더들을 데리고 아스피스 성 동문으로 향했다.

한편 그사이 한니아 왕국의 병사들에게는 더 큰 재앙이 벌어지고 있었다.

소녀의 뒤쪽으로 거대한 나무의 형상이 환영처럼 생겨나더니 이꼬트들이 그 위로 훌쩍 날아오르는 것이었다.

수백 개의 가지마다 이꼬트들이 올라선 채 주문을 외우기 시작하자 나무로부터 강력한 돌풍들이 생성되어 한니안 왕국의 병사들을 향해 돌진해 왔다.

휘이이! 휘이이! 쒸이잉!

작은 토네이도와 같은 돌풍이 나무로부터 끝없이 형성되었고, 그것들이 지날 때마다 한니안 왕국의 병사들은 무참히 날려가 널브러졌다.

"크아아악! 토네이도다!"

"아악! 피해라!"

그 광경을 본 마도사 르나르 공작이 이를 갈았다.

"으! 저럴 수가! 내 마법이 통하지 않다니!"

그사이 그는 몇 번이고 소녀와 이꼬트들을 향해 마법을 날렸다. 그러나 그가 펼친 가장 강력한 공격 마법도 나무 근처에 이르는 순간 맥없이 소멸되어 버린 것이다.

그사이 한니아 왕국의 진영은 연속되는 돌풍에 의해 초토화되었고 병사들은 흩어져 버렸다.

거기서 끝이 아니었다. 나무로부터 무수히 쏟아지는 바람의 화살들에 의해 흩어진 병사들이 무력하게 죽임을 당하고 있었다. 이대로라면 한니아 왕국의 1만 병력은 전멸하고 말 것이었다.

"후퇴하라! 모두 후퇴하라!"

설마 이런 일이 벌어지리라고는 상상도 못 했다. 가장 빠르게 성문을 돌파하고 아스피스 성을 점령해 최고의 공을 세우려 했던 르나르 공작의 생각은 한낱 망상에 지나지 않게 된 것이었다.

'으으! 이건 악몽이다. 악몽!'

어느새 수천의 병력을 잃어버린 르나르 공작은 머리카락

을 쥐어뜯으며 절규했다.

중앙 망루 위에서 그 장면을 지켜보던 로이스의 입가에 미소가 피어났다.

'남쪽은 굳이 내가 돕지 않아도 되겠군.'

오후스의 전투력은 웬만한 마족 이상이다. 그런데 수백의 이꼬트들과 마치 합체하듯 일체를 이루자 가히 무적과 같은 능력을 발휘했다.

이꼬트들의 주술이 오후스를 통해 증폭되어 더욱 강력한 위력을 발휘하기 때문이었다. 동시에 오후스는 이꼬트들을 외부의 공격으로부터 완벽하게 보호해 주었다.

그러다 보니 지금처럼 1만의 한니아 왕국 군대를 상대로도 여유 있게 승리를 거둔 것이다.

그런데 그때였다.

한니아 왕국이 오후스와 이꼬트들에 의해 무력하게 무너지는 모습을 보다 못한 제국의 소드 마스터 두 명이 르나르 공작 앞에 나타났다.

그들은 두블 백작과 그란드 백작이었다.

"르나르 공작! 그대는 마법으로 최대한 엄호하시오. 우리가 저 괴상한 나무를 없애 버리겠소."

"오! 알겠습니다. 당신들이 도와준다면 충분히 승산이 있지요."

제국의 소드 마스터가 하나도 아니고 무려 둘이나 나타났다. 여기에 마도사인 자신이 합세한다면 제아무리 이꼬트들이 신출귀몰한 재주를 부린다 해도 충분히 전멸시킬 수 있으리라.

물론 그것은 르나르 공작 등의 생각이었다.

그들이 오후스의 근처에 미처 접근하기도 전에 그들을 향해 날아드는 붉은 광채들이 있었으니!

슉! 슈우우! 슈우웅!

이에 놀란 두블 백작과 그란드 백작은 잽싸게 검으로 그것을 쳐 냈고, 르나르 공작 또한 그레이트 실드를 몇 겹으로 펼쳐 자신을 보호했다.

추확!

그러나 붉은 광채는 실드의 방어막들을 가볍게 뚫고 들어와 르나르 공작의 머리를 날려 버렸다.

쿠웅!

머리가 사라진 르나르 공작은 비명조차 지르지 못한 채 그대로 즉사했다.

"윽! 이게 무슨 일?"

"저 광채의 위력이 보통이 아니오!"

두블 백작과 그란드 백작의 안색은 딱딱하게 굳어 있었다. 광채 하나가 자신들이 생성해 낸 오러 블레이드의 위력을 능가하는 것도 경악스러운데, 그런 광채가 끝없이 날아들고 있었으니 이게 진정 현실인가 싶었다.

쾅! 쾅! 콰쾅! 푸확! 서걱!

"크억!"

"크아악!"

결국 힘겹게 붉은 광채를 막아 내던 두블 백작의 가슴이 뻥 뚫려 쓰러지더니 이어서 그란드 백작은 목이 뎅겅 잘려 널브러졌다.

제국에서 위명이 자자했던 두 소드 마스터의 허망한 죽음이었다.

휘리리릭— 차차차착!

그사이 로이스는 무심한 표정으로 차크람을 회수한 후 다시 중앙 망루 위로 복귀했다.

[미스토스의 은총이 당신의 노력에 대한 보상을 줍니다.]

[당신의 레벨이 올랐습니다.]

[당신의 전투력이 상승했습니다.]

[당신의 차크람 전술이 9단계가 되었습니다.]

소드 마스터들을 연거푸 해치운 덕분인지 레벨이 한 단

계 상승해 46이 되었다. 적이 마족이나 몬스터가 아닌 인간들이라 해도 해치우면 레벨이 오르는 모양이었다.

하긴 로이스는 일단 전투가 벌어지면 상대가 인간이건 몬스터이건, 혹은 마물이나 마족이건 상관없었다. 전쟁 중이라면 무조건 죽여 없애야 할 적일 뿐이니까.

다만 그와 같은 상황에서 노심초사하고 있는 이는 아이리스였다.

'최대한 빨리 전쟁을 끝내야 해. 그래야 이 이상의 희생을 막을 수 있어.'

아이리스 역시 중앙 망루에서 사방의 상황을 살피는 중이었다. 아시엘과 타르파도 그녀와 함께 커다란 탁자를 내려다보고 있었다.

아시엘의 표정은 밝았다.

"수성이 순조롭군요. 적들이 거의 맥을 못 추고 있어요."

"아이리스 님의 작전이 제대로 통했습니다. 하하하! 미스토스의 결계가 없는데도 이토록 잘 막아 내다니 대단합니다."

타르파 역시 신이 나 있었다.

그러나 아이리스는 씁쓸히 웃었다.

"아직은 시작에 불과해요. 제국의 주력 정예는 움직이지도 않았고 동맹국들의 일부만 투입된 상태이죠. 조만간 금세 전열을 갖춰 공격해 올 거예요. 벌써 시작됐군요."

아시엘이 고개를 끄덕이며 지도를 내려다봤다.

"그렇군요. 론트 왕국과 한니아 왕국이 퇴각하고 다른 왕국들이 그 자리를 메웠어요."

그곳에는 미스토스의 입체 지도가 펼쳐진 상태였다.

아스피스 성을 중심으로 일정 반경 이내의 모습이 축소된 상태 그대로 그 지도에 나타났는데, 이는 아시엘이 미스토스의 힘으로 만든 지도였다.

따라서 적의 움직임은 물론 아군의 방어 상황도 한눈에 파악이 가능했다.

서쪽은 마족 란델, 남쪽은 오후스와 이꼬트족, 동쪽은 라테르 황자와 세리나, 그리고 마법사 로디아가 적들을 여유롭게 막아 내는 중이었다.

북쪽은 비록 호수로 인해 적들의 접근이 쉽지 않지만 혹시 모를 습격에 대비해 스텔라가 대기 중이었다.

북쪽의 방어 병력은 최소한으로 줄여 놓은 상태다.

그래도 아스피스 성에서 로이스를 제외하면 최강의 전투력을 가진 스텔라가 있는 이상 유사시 적이 공격해 와도 쉽게 밀리지 않을 터였다.

그리고 아이리스가 펼친 수성 작전의 핵심은 바로 로이

스였다.

로이스가 중앙 망루에서 대기하며 소드 마스터급의 강적들이 나타날 때마다 제거해 버림으로써 수성 중인 아군 병력의 부담을 줄여 주는 것이다.

이 또한 절대무적의 전투력을 지닌 로이스가 있어 가능한 작전이었다.

방대하게 펼쳐진 야전으로 나가게 되면 적들이 분산되어 있어 로이스가 모두를 막기 어렵겠지만, 이 성안에서는 그것이 가능했다.

중앙 망루에서 각 성문 쪽으로의 이동 거리는 모두 동일하다.

로이스는 어느 쪽이든 빠르게 이동해 강적들을 처치한 후 다시 중앙 망루로 복귀하면 되었다.

물론 로이스에게는 무척이나 귀찮은 일이 아닐 수 없지만.

"언제까지 내가 이러고 있어야 하는 거지? 이런 식으로 방어만 하는 건 내 취향이 아니거든."

로이스가 결국 불만스러운 표정으로 말했다. 그러자 아이리스가 최대한 사람 좋아 보이는 미소를 지으며 대답했다.

"때로는 방어가 최상의 공격이 될 수도 있어요. 지금이 바로 그때이죠. 적들은 자신들이 우세라 생각하고 공세를 펼치고 있지만, 실상은 우리가 그들을 일방적으로 공격하고 있는 상황이거든요."

로이스는 씩 웃었다.

"알았으니 설명은 그만하고 어서 황태자가 있는 곳을 찾아내. 그래야 빨리 이 전쟁을 끝낼 테니까."

"진영을 계속 살피고 있으니 곧 위치가 드러날 거예요."

입체 지도에 표시된 그림은 인근 지형을 그대로 축소해 놓은 건 맞지만, 그렇다고 20만이나 되는 모든 이들의 얼굴까지 다 상세히 나오는 건 아니었다.

적의 모습은 로이스의 방에 있는 것처럼 붉은 점으로 표시되어 있고, 아군은 파란 점으로 표시되어 있어 전세를 살피는 데만 도움이 될 뿐이다.

그렇다 해도 아이리스는 붉은 점들이 모여 있는 적의 진영들을 예의 주시했다. 그리고 이미 몇 군데 황태자가 있을 법한 곳을 찾아낸 터였다.

"……?"

그러다 그녀는 아스피스 성 북쪽 호수에 나타난 새로운 붉은 점들을 발견했다. 아까까지 없던 새로운 병력이었다.

"앗, 이들은 설마?"

아시엘도 지도를 보고 놀랐다. 곧바로 그녀들은 고개를

들어 북쪽을 바라봤다.

"호수에 배들이 나타났어요. 리자드맨들이 타고 있군요."

"타락한 용자의 부하들이 분명해요."

로이스 또한 이미 그쪽을 살피는 중이었다. 수백 척의 전투선마다 수십 명의 리자드맨들이 타고 있었고, 이전처럼 커다란 전투함도 한 척 보였다.

"지난번에 도망갔던 그 녀석이군. 집요하게 이곳을 노리고 있어."

로이스는 못마땅한 표정으로 말했다.

그런데 그때였다. 북쪽 성문루 위에서 조용히 서 있던 스텔라가 돌연 순간 이동을 하듯 순식간에 호수를 가로질러 전투함의 갑판 위에 나타났다.

촥! 촥! 촤촥!

"꾸어어억!"

"캬아악!"

곧바로 전투함에 있던 거대 리자드맨 전사들을 일방적으로 도륙한 스텔라는 검은 장발의 다크 엘프 하르켄과 치열한 격전을 벌였다.

카캉! 카아앙! 카캉!

하르켄은 꽤 강했지만 스텔라는 더욱 강했다. 그녀의 단검들이 빛을 뿌리는 순간 하르켄의 가슴 부위에 십자 모양의 혈선이 생겨났고 이내 그곳에서 피분수가 뿜어져 나왔다.

"크으윽! 이럴 수가!"

하르켄은 믿을 수 없다는 듯 신음을 흘리며 그대로 주저앉았다.

그러자 리자드맨들이 경악했다.

동시에 사방에 붉은 구름이 피어나더니 리자드맨들의 전투선이 하나둘 사라지기 시작했다.

"뭐야? 이것들이 또 도망을 쳐?"

스텔라는 못마땅한 듯 주위를 둘러봤다. 그러다 하르켄의 전투함도 사라지려 하자 잽싸게 하르켄을 둘러메고 도약했다.

이어서 호수의 수면을 탁탁 차며 가볍게 성으로 복귀한 그녀는 하르켄을 성안 바닥에 내동댕이쳤다.

콰당!

"으으! 이, 이런 제길!"

하르켄은 치명상을 입은 것일 뿐 아직 죽지 않았다. 상황이 좋지 않다 싶어 잽싸게 귀환하려 했는데 부하들은 복귀시킨 반면 정작 그는 붙잡히고 말았다.

이곳 용자의 성에서는 그의 귀환 능력이 통하지 않는다.

미스토스의 기운으로 가득 차 있기 때문이었다.

꼼짝없이 포로로 잡히고 만 것이다.

"오오! 스텔라 님! 정말 대단한 일을 하셨군요. 이놈은 이제 제게 맡겨 주십시오."

타르파가 기다렸다는 듯 미스토스의 봉인 팔찌로 하르켄의 능력을 봉인한 후 이어서 밧줄로 전신을 결박했다.

아시엘도 그사이 그곳으로 이동해 하르켄을 싸늘히 내려다봤다.

"타락한 용자 제라칸의 기사 하르켄! 이렇게 잡힐 줄은 몰랐겠지?"

"닥쳐라. 감히 누구보고 타락한 용자라 하느냐? 제라칸 님은 너 따위 하찮은 용자가 감히 이름도 부를 수 없을 만큼 위대한 분이시다."

"흥! 과연 그런지는 두고 보겠다."

아시엘은 냉소하고는 타르파를 향해 말했다.

"치료 후 감옥에 가둬 놔요."

"네, 아시엘 님."

지금은 사르곤 제국 연합군과의 전쟁이 벌어지고 있는 상황이니 하르켄에 대한 심문은 나중에 해야 할 것이다.

잠시 후 하르켄을 감옥에 가두고 돌아온 타르파가 희색이 만면해 말했다.

"미스토스 방어 결계가 조금씩 복원되고 있습니다! 시간은 좀 더 걸리겠지만 금방 완벽한 상태로 복원될 겁니다."

"역시 그자가 뒤에서 농간을 피운 거였군요."

아시엘의 안색도 환해졌다. 하르켄이 붙잡히자 미스토스의 결계가 복원되고 있는 것이다.

그때 망루 위에서 아이리스가 크게 외쳤다.

"총사령관의 위치를 찾았어요, 로이스 님!"

"그래?"

그사이 로이스는 다시 란델이 방어하고 있는 서쪽으로 지원을 나가 적의 소드 마스터 한 명을 처치하고 돌아오는 중이었다.

아이리스가 지도의 남쪽 부근 붉은 점들이 표시된 부분을 가리켰다.

"바로 이곳이 확실해요. 동맹국들이 밀리는 것 같자 제국군이 주력을 세 방향으로 나눠 움직이고 있어요. 그중 남쪽에 최강의 전력이 모여 있어요."

"그럼 당장 가서 너의 큰오라버니를 잡아 오겠다."

"네, 로드."

로이스의 말에 아이리스가 고개를 끄덕였다. 그녀는 씁쓸했지만 애써 미소를 지어 보였다.

'더 이상 무고한 희생을 줄이려면 이 방법밖에 없어요.

절 용서해 주세요, 프론스 오라버니.'

제국 동맹국 병사들의 시체가 산을 이루고 있는 상태다. 이 모든 것이 프론스의 야심 때문에 벌어진 일. 더 이상 그를 방치하면 얼마나 더 많은 희생자가 나올지 알 수 없었다.

한편 그때 사르곤 제국의 황태자 프론스는 아이리스가 파악한 대로 아스피스 성의 남쪽에 주둔해 있다가 병력을 셋으로 나눠 진군시키고 있었다.

서쪽으로 1만 5천, 동쪽으로 1만 5천, 그리고 프론스가 있는 남쪽은 2만!

본래 계획대로라면 좀 더 상황을 지켜봐야겠지만 연속으로 심상치 않은 일이 벌어진 터라 계획 수정이 불가피했다.

동맹국들에게만 맡겨 두는 것이 아니라 좀 더 강하게 몰아붙여 최대한 빨리 아스피스 성을 점령하는 것으로!

"벌써 소드 마스터가 넷이나 희생되었다. 심지어 그중에는 본 제국의 소드 마스터도 둘이나 있어. 이건 도무지 말도 안 되는 일이야."

프론스의 안색이 딱딱하게 굳어 있었다. 좀처럼 표정의 변화가 없는 루니우스 후작 역시 상당히 놀란 기색이었다.

"그 붉은 광채는 분명 오러 블레이드였어요. 아스피스

성에 오러 블레이드를 한 번에 수십 개나 날려 보낼 수 있는 존재가 있다니 놀라운 일이군요."

소드 마스터의 경지에 이르지 않으면 생성이 불가능한 오러의 응집체!

그런데 그것을 하나도 아니고 수십여 개를 무수히 날려 보내 적을 공격한다는 것은 그자의 능력이 이미 소드 마스터의 경지도 초월했음을 의미했다.

"루니우스, 그대의 능력으로도 그것이 가능한가?"

"예, 전하. 쉽지는 않겠지만 불가능한 것도 아니에요."

"하면 그자가 나타나면 이길 수 있다는 뜻인가?"

"송구하오나 직접 싸워 보지 않고는 섣불리 승부를 확신할 수가 없겠습니다."

루니우스의 대답에 프론스뿐 아니라 인근에 서 있던 참모를 비롯한 제장들의 표정에 경악이 어렸다.

이게 무슨 말인가?

제국 최강의 검사라 할 수 있는 그랜드 마스터 루니우스 후작의 입에서 섣불리 승부를 확신하기 힘들 것이라는 말이 나오다니.

그들이 알기로 그녀는 절대 빈말로 겸손을 떠는 존재가 아니다.

다른 건 몰라도 검술에 있어서는 절대적인 자부심을 가

지고 있기 때문이다.

따라서 그녀가 이길 수 있는 상대라면 승부를 확신하기 어렵다는 말은 절대 나올 수 없었다.

당연히 이길 수 있다고 말해야 정상인 것이다.

"그대가 그와 같은 말을 하다니. 이번 전쟁은 생각보다 쉽지 않겠군."

"전쟁은 혼자 하는 것이 아니에요. 그가 아무리 강하다 해도 절대적인 병력의 열세에서 성을 지켜 낸다는 건 쉬운 일이 아니겠죠."

그 말에 프론스가 의미심장하게 웃었다.

"그건 맞는 말이다. 일단 성이 점령되면 그놈도 고립무원의 처지에 빠지겠지. 그때 그대가 그놈을 처치하면 될 것이다."

"저의 생각도 그러합니다, 전하."

루니우스는 고개를 끄덕였다. 그러다 조심스레 다시 말을 이었다.

"하오나 만일의 경우에도 대비해야 할 것 같군요."

Chapter 11
치사하지만 주먹을!

"만일의 경우라면? 설마 우리가 전쟁에서 패배한다는 뜻인가?"

"뭔가 기분이 좋지 않아요. 저의 이런 직감은 별로 틀린 적이 없습니다, 전하."

"직감이라?"

"아시엘은 병력으로는 아군에 비해 열세지만 뜻밖의 복병을 지니고 있어요. 이와 같은 상황에서 단번에 전세를 역전시킬 방법은 오직 하나뿐이죠."

"그게 무엇인가?"

"만약 제가 그자라면 이곳을 노릴 거예요."

그 말에 프론스는 흠칫 놀랐다.

"설마 나를 노린다는 건가?"

"네, 전하."

"하하하하! 그렇다면 그놈이 제 무덤을 파는 것이겠지. 지금 이곳은 그랜드 마스터인 그대뿐 아니라 소드 마스터급 검사만 무려 열일곱 명이 지키고 있다. 이런 곳에서 그놈이 살아 나가는 건 불가능해."

"하오나 그자가 도주를 포기한 채 전하만 노린다면 얘기가 달라져요. 솔직히 말씀드리면 저로서도 오러 블레이드 수십 개를 다룰 수 있는 자를 상대로 무사히 전하를 보호할 수 있다는 장담은 할 수 없습니다."

순간 프론스는 답답한 듯 인상을 썼다.

"그래서 어쩌자는 건가? 그와 같은 말을 한 그대의 의중이 뭔지 말해 보라."

"이곳은 저에게 맡기시고 일단 전하께서는 잠시 피하시는 게 좋겠어요."

순간 프론스가 코웃음 쳤다.

"닥치라. 총사령관인 나에게 한낱 적의 암습이 두려워 피하라는 건가? 어찌 제국 최강의 검사인 그대의 입에서 그 같은 망발이 나오는 건가? 황제 폐하는 물론 그대의 부친 카로드 공작이 지금의 말을 들었다면 크게 실망을 금치 못할 것이다. 두 번 다시 그따위 말을 했다간 아무리 루니우스 그대라 해도 용서치 않겠다."

"송구합니다, 전하."

루니우스는 허리를 숙였다. 그러던 그녀의 안색이 급변하더니 황급히 고개를 돌려 한쪽을 바라봤다.

"……이, 이건!"

"또 무슨 일인가, 루니우스?"

프론스가 언짢은 기색을 지우지 않고 물었다. 루니우스는 즉시 대답했다.

"지금 엄청난 기세를 가진 자가 이곳으로 오고 있어요."

"뭐어라?"

"위급한 일이 벌어지면 즉시 두루마리를 찢는 걸 잊지 마십시오. 나칸 공작이 준 두루마리라면 전하를 무사히 라키아 대륙 쪽으로 귀환시켜 줄 것입니다."

루니우스는 그 말을 마치고는 프론스가 뭐라 대답하기도 전에 주위를 둘러보며 크게 외쳤다.

"암습이다. 모두 전하를 보호하라!"

소드 마스터들이 프론스를 중심으로 겹겹이 배치되었고 그 외곽으로 소드 익스퍼트 최상급의 기사들이 수십 겹 넘게 둘러싸 철통같은 방어 태세를 취했다.

그때 로이스는 이미 남쪽 성문을 벗어나 아이리스가 가

리킨 지점으로 이동한 상태였다.

휙! 휘휙!

워낙 바람처럼 이동하는 터라 로이스가 눈앞을 지나가는데도 제국의 병사들은 거의 눈치채지 못했다.

그러나 루니우스 후작이 로이스의 접근을 간파한 순간 프론스가 있는 곳은 가히 물 샐 틈도 없을 만큼 많은 숫자의 병사들이 모여들어 로이스의 앞을 가로막았다.

“누구냐?”

“감히 이곳이 어디라고?”

로이스는 눈 깜짝할 사이에 포위되었다. 순간 로이스의 두 눈에서 섬뜩한 안광이 번쩍였다.

“비켜라.”

“으으으! 아, 악마다!”

“으으! 으아아! 피해라!”

로이스 앞을 가로막은 병사들이 마치 대나무가 쪼개지듯 양쪽으로 쫙 물러났다.

로이스가 분노하면 포식자의 위압이 펼쳐진다.

마검 다켈의 주인 칭호를 장착한 터라 현재 포식자의 위압은 무려 6단계!

이 순간 최상급 마족은 물론이고 심지어 하급 마왕들에게도 공포감을 줄 만큼 무시무시한 기세가 뿜어져 나가게 된다.

츠츠츠츠.

그와 같은 로이스의 기세 앞에서도 한 점 흐트러짐 없이 담담하게 서 있는 이는 루니우스 후작뿐이었다.

그녀는 병사들이 놀란 물고기 떼처럼 옆으로 비켜나며 드러난 길의 끝에 오연히 서 있었다.

그 뒤로 17명의 소드 마스터들이 잔뜩 긴장한 표정으로 프론스를 둘러쌌다.

“으! 저놈의 정체가 대체 무엇이냐?”

프론스는 로이스로부터 뿜어져 나오는 기세에 질려 몸을 떨었다. 그러다 로이스가 그를 번쩍 노려보자 더욱 기겁하고 말았다.

“뭐, 뭣들 하는 거냐? 어서 저놈을 막아라!”

그러나 병사들은 물론이고 기사들 중에서도 감히 로이스 앞에 나서는 이가 없었다. 소드 마스터들은 프론스의 곁을 떠날 수 없는 상태였고, 루니우스 또한 마찬가지였다.

그러다 보니 로이스는 어느새 그들의 앞까지 당도했다.

루니우스가 다급히 외쳤다.

“전하! 이곳은 제게 맡기시고 어서 피하시옵소서!”

순간 로이스가 싸늘히 웃었다.

“어림없는 일! 피하긴 어딜 피한다는 것이냐?”

로이스는 먼저 황태자부터 제압하고 보자는 생각에 그곳으로 이동하려 했지만 루니우스가 그의 앞을 가로막았다.

스스스스.

한 손엔 방패, 한 손엔 검을 쥐고 있는 그녀로부터 풍겨나는 가공스러운 기세를 본 로이스의 입가에 싸늘한 미소가 맺혔다.

딱 봐도 강해 보였다. 검사로서의 기세만으로 따지면 마검 다켈 못지않았다.

"네가 바로 그랜드 마스터 루니우스로군. 이름은 많이 들었다."

"너는 누구냐?"

"로이스. 아시엘의 용병이다."

"용병이라고?"

"그래. 어쨌든 넌 잠깐 후에 보자."

그 말과 함께 로이스는 마검 다켈을 그녀에게 던졌다.

"다켈! 네가 루니우스를 상대해 봐라."

순간 루니우스를 향해 날아가던 마검이 사라지며 그 자리에 적발의 칼날 같은 인상을 가진 사내가 나타났다. 그의 손에는 사라진 마검이 쥐어져 있었다.

물론 그는 다켈이었다.

—마검을 던져 다켈을 소환할 수 있음. 한 번 소환 시 미호 300소모.

칭호 마검 다켈의 주인을 장착하면 언제든 다켈을 소환해 적을 공격시킬 수 있다.

로이스는 도주할 우려가 있는 황태자를 먼저 제압하기 위해 다켈로 하여금 루니우스를 상대하게 해 본 것이었다.

"로드의 명령을 받듭니다."

곧바로 다켈은 루니우스를 공격했다. 검이 거대한 형체를 이루며 상공에서부터 번개처럼 루니우스를 향해 쇄도했다.

파파파팟—

그것도 하나가 아닌 무려 일곱 개나 되는 검들의 공격이었다.

로이스는 감탄했다. 다켈과 매일 결투를 벌였지만 저 같은 공격을 본 적은 처음이었기 때문이다.

'대단한걸.'

상대가 상대이니만큼 다켈은 처음부터 전력을 다한 것이 분명했다.

콰앙! 콰콰콰쾅!

그런데 루니우스는 그 공격들을 방패로 간단히 막아 내

는 것이었다. 그뿐이 아니다.

스팟—

그녀가 곧이어 검을 휘두른 순간 마치 공간이 뒤틀린다 싶은 착각이 들었다.

촤아아악!

"으악!"

그것이 끝이었다. 다켈은 머리부터 가랑이까지 정확히 두 쪽이 나 버렸다.

그는 그대로 흑색의 연기가 되어 흩어졌다.

동시에 로이스의 손에 마검 다켈이 나타나 쥐여 졌다.

'저럴 수가!'

로이스는 깜짝 놀랐다. 설마 다켈이 단번에 패배할 줄은 상상도 못 했기 때문이다.

물론 다켈은 죽은 것이 아니다. 그저 그가 있던 결계로 역소환되어 있을 뿐.

'검술로는 내가 이길 수 없는 상대인가?'

로이스는 아직 다켈도 검술만으로는 이기지 못한다. 그저 다켈이 로이스를 자신의 로드로 인정해 시험은 통과했을 뿐이다.

그런데 그런 다켈을 단숨에 패배시키는 루니우스의 검술을 어찌 당할 수 있겠는가.

로이스는 문득 루니우스를 만나면 절대 검으로 싸우지 말고 맨손으로 싸우라는 스텔라의 당부가 떠올랐다.

'젠장!'

착.

마검 다켈을 허리춤의 검집에 꽂아 넣는 로이스의 두 눈 아래로 살벌하기 이를 데 없는 음영의 그늘이 생겨났다.

'치사한 짓은 하고 싶지 않지만.'

지금은 황태자가 문제가 아니다. 일단 루니우스부터 쓰러뜨리고 봐야 할 것이다.

'……?'

한편 로이스가 갑자기 검을 허리춤에 꽂아 넣자 루니우스는 황당해하는 표정을 지었다. 갑자기 정체불명의 검사를 소환한 것까지야 그렇다 쳐도, 무기 없이 맨손으로 자신을 노려보고 있는 것이 도무지 이해가 되지 않았기 때문이다.

그런데 더욱 이상한 것은 그 상태로 불쑥 달려오는 로이스를 보며 루니우스가 심장이 쿵 내려앉는 듯한 두려움을 느꼈다는 것이었다.

'뭐지? 이 느낌은?'

그러한 알 수 없는 불안감을 떨치기 위해서라도 루니우스는 처음부터 전력을 다해 로이스를 향해 공격을 펼쳤다.

스팟— 스파파팟—

그녀의 검이 전방의 공간을 사선으로 무수히 갈랐다.

공검(空劍)!

공간의 검이라 불리는 이 검격은 카로드 공작가 최강의 검술로 그랜드 마스터의 경지에 이르러야만 펼칠 수 있는 것이었다.

카로드 공작은 이 검술은 인간이 당해 낼 수 없는 공격이며, 악마 즉, 마왕이나 마족과 같은 초월적 존재들과 싸울 때를 대비해 내려오는 가문의 비전이라고 했다.

말 그대로 공간 자체를 베어 버리는 것으로, 상대의 모든 방어를 무시하고 그대로 두 쪽을 내 버리는 무서운 위력을 발휘했다.

즉, 이 앞에서는 마법으로 펼친 보호막도 통하지 않는다. 철갑을 둘러도 잘려 나가고, 심지어 오러 블레이드도 소용없으며 피하는 것조차 불가능했다.

다켈이 맥없이 당한 것도 바로 이 때문이었다.

루니우스는 그때보다 훨씬 강력한 공격을 로이스에게 펼쳤다.

'없다?'

그런데 루니우스는 자신의 검이 그저 빈 공간을 계속 갈랐을 뿐임을 깨닫고 흠칫 놀랐다.

'설마 피한 것인가?'

절대로 피할 수 없다는 카로드 공작가의 절대공검(絕代空劍)을?

그것만으로도 믿기지 않는 일인데 로이스가 그사이 번쩍 그녀 앞에 다시 나타나 주먹을 휘둘렀다.

휙!

느리지도 그렇다고 빠르지도 않았다. 루니우스로서는 가소롭게 느껴지는 평범한 공격이었다.

퍽!

문제는 그 주먹을 피하지 못하고 맞았다는 것!

그리고 단 한 방을 맞았을 뿐인데 루니우스는 정신이 아득해지는 듯한 고통을 느꼈다.

"으윽!"

동시에 시야가 캄캄해졌다.

퍼퍽! 퍼퍼퍽!

연이어 그녀의 복부와 옆구리, 턱을 향해 뭔가가 날아들었지만 피할 수 없었다.

퍼퍼퍽! 우직! 퍼어억—

그렇게 눈 깜짝할 사이에 만신창이가 되어 버리는 루니우스의 모습을 보며 모두들 입을 쩍 벌렸다. 마치 시간이 정지라도 된 듯 프론스는 물론이고 그를 둘러싼 소드 마스터들도 입을 벌린 채 미동조차 하지 않았다.

털썩.

그러다 루니우스가 맥없이 바닥으로 널브러질 때야 비로소 모두들 움찔 놀라며 신음을 내뱉었다.

"으으! 저, 저럴 수가!"

"마, 말도 안 되는 일이!"

그 순간 프론스가 입이 찢어져라 외쳤다.

"뭣들 하느냐? 어서 저자를 막아라!"

그랜드 마스터가 당했다. 소드 마스터 17명이 힘을 합쳐도 그랜드 마스터 하나를 이기기 어렵다는 것은 어린아이들도 아는 상식!

그런데도 막으라 하는 것은 그사이 마법의 두루마리를 찢어 도주하기 위함이었다. 자신이 도주할 틈을 벌라는 명령인 것이다.

퍽! 퍼퍼퍽—

그러나 그 또한 이미 늦은 터였다.

"윽!"

"커윽!"

"허억!"

소드 마스터들이 순서대로 바닥에 주저앉았다.

그들은 마치 한 대씩 맞기를 차례로 기다리고 있었던 것처럼 아무런 저항도 하지 못했다. 로이스가 와서 툭툭 치니까 그냥 쓰러진 것이다.

꽈악.

곧바로 로이스의 손이 프론스의 멱살을 움켜쥐었다.

"난 최대한 좋게 해결하려고 했는데 네놈의 욕심 때문에 수많은 이들이 죽었다."

로이스의 두 눈에서 번뜩이는 시퍼런 안광을 마주한 프론스는 그대로 오줌을 지리고 말았다.

"으으! 제, 제발 살려 주게! 제발! 무슨 보상이라도 할 테니 살려 줘!"

그와 함께 처량하기 그지없는 음성이 흘러나왔다.

프론스는 이대로 죽는 건 상상하고 싶지 않았다.

자신이 누구인가?

라키아 대륙 최강의 국가인 사르곤 제국의 황태자다.

장차 황제가 되면 라키아 대륙을 통일해 전무후무한 최강의 절대자가 될 몸이 아닌가?

그런데 이렇게 말도 안 되게 죽는다는 것은 있을 수 없는 일이었다.

꿈에서라도 있을 수 없는 일.

'난 절대로 죽을 수 없어.'

어떻게 해서든 살아야 했다.

한편 그렇게 그가 비굴한 모습을 보이자 로이스의 얼굴에는 더욱 못마땅한 기색이 짙어졌다.

"명색이 황태자란 놈이 적에게 목숨을 구걸하고 있는 건가? 너 때문에 죽은 부하들에게 미안하지도 않은 거냐?"

"으으! 날 살려 주면 두 번 다시 사르곤 제국은 아시엘을 공격하지 않을 것이다."

어차피 프론스에게 있어 죽은 부하들은 소모품일 뿐 그들의 죽음에 별다른 생각은 없었다. 중요한 것은 그 자신이 사는 것뿐.

'두고 보자. 내가 돌아가면 네놈을 반드시 없애 버릴 것이다.'

그는 사르곤 제국에 있는 모든 병력을 총동원하면 로이스가 아무리 대단하다 해도 죽일 수 있을 거라 확신했다.

따라서 지금은 비굴한 모습을 보일지라도 어떻게든 살아야 하는 것이다.

그때 만신창이 상태로 바닥에 널브러져 있던 루니우스가 힘겹게 고개를 들고 말했다.

"으윽! 죽이려면 나를 죽여라! 제발 부탁이니 황태자 전하만은……."

그러자 로이스가 힐끗 고개를 돌려 루니우스를 내려다봤다. 그리고는 잠시 고심에 빠졌다.

‘저런 대단한 검술을 가진 사람이 고작 이따위 쓰레기 같은 녀석을 위해 목숨을 바치고 있는 건가.’

로이스는 마검 다켈을 단번에 두 쪽 낼 만큼 대단한 검술을 지닌 루니우스를 이대로 죽이기에는 왠지 아깝다는 생각이 들었다.

그러나 그녀를 놓아주면 또다시 적이 되어 나타날 것이다.

그런 일이 발생하지 않도록 하기 위해서라도 오늘 반드시 죽여야 하리라.

하지만 로이스는 혹시나 하는 심정으로 물어봤다.

“루니우스! 네가 내 부하가 되어 충성을 바치겠다면 이 녀석을 풀어 줄 수도 있다. 어떠냐?”

어차피 이제 이 전쟁은 이겼다. 프론스를 살려 준다 해서 크게 후환이 될 것도 없는 일.

루니우스를 얻을 수 있다면 프론스는 100번도 살려 줄 수 있을 것이다.

그러자 루니우스가 인상을 일그러뜨리더니 비웃음이 가득 담긴 눈빛으로 로이스를 노려봤다.

“나를 이겼다고 모든 걸 네 뜻대로 할 수 있으리라 보느냐? 더 이상 나를 모욕하지 말고 죽여라. 나의 충심은 오직 사르곤 제국의 황제 폐하와 황태자 전하를 향할 뿐이다.”

그런데 그때였다. 로이스에게 멱살을 잡힌 채 벌벌 떨고 있던 프론스가 루니우스를 잡아먹을 듯 노려보며 악을 쓰는 것이 아닌가.

"다, 당장 이자에게 충성을 맹세하지 않고 무엇 하는가? 그대는 정녕 내가 죽기를 바라는 것인가?"

"저, 전하! 어찌 그런 말씀을……."

루니우스는 기막혀하는 표정을 지었다.

적에게 충성을 바치라니!

아무리 다급한 상황이라지만 일국의 황태자로서 자신에게 충성을 바친 수하에게 할 말은 아니었다.

"루니우스! 나에 대한 그대의 충심이 진정이라면 어찌하여 날 살릴 수 있는 길을 두고도 못 본 척한다는 말이냐?"

프론스의 두 눈은 충혈되었고 그의 음성은 갈라져 있었다. 그 모습을 본 루니우스의 두 눈에 눈물이 맺히더니 뺨을 타고 아래로 흘러내렸다.

"전하……."

"닥쳐라! 네가 날 진정 전하라 여긴다면 어서 이자에게 충성을 맹세하고 나를 죽음에서 벗어나게 하라."

프론스는 필사적이었다. 황태자의 체면이고 뭐고 어떻게든 살아서 이곳을 빠져나가겠다는 일념뿐인 것이다.

루니우스는 그를 보며 절망 어린 표정을 짓고 있었고, 주위를 둘러싼 병사들의 얼굴에도 절망의 그늘이 잔뜩 뒤덮여 있었다.

로이스는 잠시 침묵했다.

'이건 또 무슨 일이지?'

설마 상황이 이런 식으로 진행될 것이라고는 로이스 역시 예상치 못했다.

이 모든 건 프론스의 비열함으로 인해 벌어진 일이었다.

'동생들의 반도 미치지 못한 자야.'

만약 라테르가 이 상황이 되었으면 차라리 죽으면 죽었지 지금 프론스와 같은 말을 하지는 않았을 것이다. 아이리스라면 더 말할 필요도 없었다.

그런데 명색이 황태자라는 자가 이리도 야비할 줄이야.

로이스는 짐짓 프론스를 죽일 듯 한쪽 주먹을 번쩍 쳐들었다.

"루니우스는 나의 부하가 될 생각이 없는 것 같군. 따라서 넌 이만 죽어 줘야겠다."

그러자 프론스가 입이 찢어져라 외쳤다.

"루니우스! 네년이 정녕 너만 살겠다고 나를 죽일 셈이냐? 어서 이자에게 충성을 맹세하지 못하겠느냐?"

그의 눈빛에는 광기마저 서려 있었다.

"흐흑! 황태자 전하……!"

얼마나 크게 상심했는지 루니우스의 두 눈에서 피눈물이 흘러내렸다.

그녀는 프론스가 원망스러웠지만, 그 못지않게 로이스도 원망스러운지 원독스러운 눈빛으로 로이스 쪽을 노려봤다.

프론스가 다시 외쳤다.

"정녕 나의 부탁을 외면할 셈이냐, 루니우스?"

그의 외침은 애절하게 느껴질 정도였다. 루니우스가 고개를 끄덕였다.

"예, 전하. 전하의 그 명을 수행하겠어요."

"크흐흐! 생각 잘했다, 루니우스. 내 돌아가면 네 공을 절대 잊지 않으마."

프론스는 살았다는 듯 안색이 다소 밝아졌다.

로이스는 프론스의 멱살을 잡은 손의 힘을 살짝 풀었다. 그리고는 루니우스를 내려다봤다.

"정말 나의 부하가 될 생각이냐?"

그러자 그녀는 이내 이를 악물고 힘겹게 일어나더니 로이스를 향해 무릎을 꿇었다.

"부하가 되겠다. 그러니 그만 황태자 전하를 풀어 드려라."

"내가 널 어떻게 믿지? 말로만 부하가 된다고 하고 나중에 뒤통수를 칠 수도 있잖아."

“맹세하겠다. 어기면 내 스스로 목숨을 끊을 것이다.”

루니우스는 로이스를 차갑게 노려보며 말을 이었다.

“하지만 내게 진정한 충성심을 바라진 마라. 널 배신하지는 않겠다는 뜻일 뿐이니까.”

“너도 그렇게 말할 줄 알았다.”

로이스는 묘하게 웃으며 고개를 끄덕였다.

진심으로 충성을 바치지는 못하겠지만 배신은 하지 않겠다는 말을 벌써 몇 번째 듣는 것인지 모른다.

그러나 저 말이 그냥 말로만 충성을 하겠다는 것보다는 훨씬 듣기 좋았다.

적어도 이 순간을 모면하려고 거짓으로 꾸며 내어 말한 것이 아님을 알 수 있기 때문이다.

특히 로이스는 루니우스와 같은 이가 자존심을 걸고 한 맹세는 절대 어기지 않는다는 것을 직감적으로 알고 있었다.

만약 로이스 자신도 같은 상황이라면 그럴 테니까.

스윽.

곧바로 로이스는 프론스의 멱살을 잡은 손을 풀었다.

“약속대로 풀어 준다. 단 너 혼자뿐이야.”

“오직 나 혼자만 풀어 준다는 거냐?”

“물론이야. 여기 있는 그 누구든 내 허락 없이는 한 놈도 돌아가지 못한다. 그러나 네놈은 보내 줄 테니 어서 꺼져라!"

그 말과 함께 로이스의 두 눈에서 시퍼런 안광이 다시 번쩍였다.

"아, 알았다."

프론스는 혼자라도 살아 돌아갈 수 있다는 생각에 기쁜지 희색이 만면했다.

찌이이익—

그는 다급히 손에 쥐고 있던 두루마리를 찢었다. 순간 그를 중심으로 작은 마법진의 빛무리가 생겨나 그의 몸을 휘감았다.

공간 이동 마법진이었다.

이로써 확실히 살아났다는 생각이 든 프론스는 로이스를 향해 이를 갈았다.

"두고 보자! 오늘의 치욕을 반드시 갚아 줄 것이다."

"다시는 나와 보지 않는 게 좋을 거야. 그땐 오늘처럼 널 살려 줄 생각이 없거든."

로이스가 노려보자 프론스는 움찔했다. 그사이 빛무리가 그를 완전히 휘감았고 일순간 그의 몸은 빛과 함께 흔적도 없이 사라졌다.

그사이 로이스의 뒤쪽으로 세 명의 인물들이 모습을 드

러냈다.

라테르와 세리나, 그리고 스텔라였다.

이미 미스토스 결계가 복원된 터라 더 이상 외부의 공격이 아스피스 성을 위협하지 못했다. 그것을 확인한 즉시 로이스를 따라온 것이었다.

로이스가 고개를 돌려 라테르를 쳐다봤다.

“이제 너는 이들의 항복을 받아 내라. 항복하는 이들은 살려 주겠지만 저항하는 놈들은 모두 죽일 것이다.”

“알겠습니다.”

라테르는 정중하게 고개를 숙여 대답하고는 제국의 귀족들과 병사들을 훑어봤다. 모두들 절망과 두려움, 혼란이 가득한 표정이었다.

그랜드 마스터 루니우스가 무참히 패배했다. 심지어 황태자 프론스는 자신이 살기 위해 루니우스를 로이스의 부하가 되도록 만들었다.

이 같은 상황에 이황자 라테르마저 로이스의 명령을 듣고 있는 모습을 보자 그들은 맥이 빠진 상태였다.

그 누가 이 상황에서 전의를 불태우겠는가.

라테르는 그들의 그 같은 심정을 짐작하고는 씁쓸히 미소 지었다.

그러나 이내 두 눈을 빛내며 크게 외쳤다.

"모두 들어라. 그대들도 알고 있겠지만 나는 사르곤 제국의 이황자 라테르다. 지금 상황이 혼란스럽고 절망스럽겠지만 이제 나를 믿어라. 나는 그대들 중 그 누구도 다치지 않고 무사히 돌아갈 수 있도록 할 것이다."

무사히 돌아갈 수 있게 해 준다는 말에 병사들의 안색이 다소 밝아졌다.

그렇다. 그들 대부분은 이 전쟁에서 무사히 돌아가는 것이 목적이었다.

전쟁에서 승리하기를 바라는 것도 모두 그 때문이다. 그래야 살아남아 집으로 돌아갈 수 있기 때문이다.

"그대들이 따랐던 총사령관은 그대들을 버렸고, 나칸의 사악한 꾐에 속아 전설의 용자에게 대항하는 어리석은 짓을 범하고 말았다. 이미 그대들은 짐작하고 있겠지만, 저기 있는 아스피스 성은 신이 보호하는 용자의 성이다. 우리가 어찌 신에게 대항하겠는가."

그러자 병사들 중 다수가 라테르의 말에 수긍하는 표정을 지었다. 귀족들 또한 마찬가지였다.

무엇보다 그들의 우상과 같은 존재인 루니우스 후작이 로이스에게 무력하게 패배하는 모습을 보았기 때문이었다.

정말로 아시엘이 신이 보호하는 전설의 용자가 아니라면 로이스와 같은 무서운 존재가 저 성에 있을 리가 없는 것이다.

그 사이에도 라테르의 말은 이어졌다.

"나는 사르곤 제국의 이황자로서 사악한 대마법사 나칸의 간계에 수많은 이들이 희생되는 것을 좌시할 수 없다. 이 무모한 전쟁을 끝내고 더 이상 의미 없는 전쟁에 무고한 백성들이 희생되지 않게 할 것이다. 이후로 라키아 대륙에 존재하는 모든 나라와 모든 백성들이 평화롭게 삶을 누릴 수 있도록 할 것이다."

따로 준비한 말은 아니었다. 그러나 라테르의 말에는 진심이 깃들어 있었다. 그러다 보니 자연스레 마음속에 있던 말이 쏟아져 나와 병사들의 심금을 울린 것이다.

Chapter 12
나칸, 마각을 드러내다

[미스토스의 은총이 당신의 노력에 대한 보상을 줍니다.]

[레벨이 올랐습니다.]

[레벨이 올랐습니다.]

[레벨이 올랐습니다.]

[레벨이 올랐습니다.]

[당신의 최대 맷집과 최대 미흐가 대폭 상승했습니다.]

라테르가 제국의 병사들을 장악하는 사이 로이스의 시야

에는 레벨이 올랐다는 문자들이 나타났다.

그랜드 마스터 루니우스를 굴복시키고 소드 마스터 17명을 패배시킨 덕분인지 레벨이 무려 4단계나 상승했다.

이름 [로이스]

레벨 [50](최고)

칭호 [마검 다켈의 주인]

신분 [미스토스 기사]

맷집 6210/6210

미흐 6850/6850 (4850+2000)

[당신의 레벨은 최고 단계에 이르렀습니다.]

[당신은 레벨로는 더 이상 강해질 수 없습니다.]

[레벨의 한계를 돌파하려면 미스토스 상급 기사가 되어야 합니다.]

'레벨이 최고 단계라고?'

이제 더 이상 레벨을 올릴 수 없단다. 그러나 해결책은 존재했다.

'빨리 마족 한 녀석을 더 해치우고 미스토스 상급 기사가 되어야겠어.'

현재 신분에서 이를 수 있는 최고 단계가 된 이상 최대한 빨리 더 높은 신분을 얻어야 할 것이다.

'사르곤 제국 일을 빨리 처리해야겠군. 그 후에는 마족 사냥을 떠나는 거야.'

나칸을 죽이고 사르곤 제국의 황궁을 장악해야 한다.

나머지는 라테르 등이 알아서 할 것이다.

지금도 마찬가지였다. 이미 무적과 같은 신위를 보인 로이스는 그저 담담히 서 있기만 하면 될 뿐이었다. 그사이 제국군을 장악한 라테르는 계속해서 동맹국들의 항복을 받아 냈다.

"론트 왕국은 용자 아시엘 님께 항복하겠소."

"한니아 왕국도 항복하겠습니다."

"피얀 왕국도 더 이상 용자께 저항하지 않을 것이오."

그들은 물론 라테르에게 항복한 것이 아니라 로이스를 용병으로 고용한 용자에게 항복한 것이었다.

사르곤 제국과 적이 될망정 두 번 다시 로이스를 적으로 돌리고 싶지 않았기 때문이다.

그랜드 마스터마저 눈 깜짝할 사이에 만신창이로 만들어 버리는 그를 상대로 전투를 벌이는 건 악몽과 같은 일이었으니까.

모두의 항복을 받아 낸 라테르는 제국의 병사들은 물론

이고 동맹국의 병사들과 함께 아스피스 성으로 들어갔다.

이번 방어전의 승리를 통해 대량의 미스토스를 얻게 된 아시엘은 성의 규모를 대폭 확장했기에 19만에 이르는 제국 연합군의 모든 병력을 충분히 수용하고도 남았다.

기존 아스피스 성은 내성이 되었고, 그와는 비할 수 없이 넓은 규모의 외성이 생겨났다.

그 방대한 외성 내부를 빙 둘러 수많은 건물들이 생겨났고, 연합군의 병력은 그곳에 모두 수용이 가능했다.

"이런 놀라운 일이!"

"진정 용자가 신이 돕는 존재가 아니라면 이런 기적은 벌어질 수 없을 것이다!"

"아시엘 님은 전설의 용자가 분명해!"

이 같은 탄성들이 연합군의 수장들은 물론이고 병사들의 입에서 나오게 된 것은 당연했다.

그리고 바로 이를 위해서 상당한 양의 미스토스를 소모해 성의 규모를 대폭 확장한 것이었다.

비록 제국 연합군이 전쟁에 패배해 용자의 존재를 인정했지만, 그것은 로이스에 대한 두려움 때문에 일시적으로 그리된 것뿐, 진정으로 용자 아시엘을 인정한 것은 아니었기 때문이다.

그러나 그들은 두 눈으로 똑똑히 보았다.

황무지와 같은 땅에 새로 거대한 외성이 생겨나고, 멋들어진 건물들이 그 안에 솟아나는 것을!

아울러 동맹국의 수장들과 제국의 지휘관급 귀족들은 내성으로 들어가는 것도 허락을 받은 터라, 그들 모두 꿈에서 본 듯 화려한 내성의 모습을 두 눈으로 목격했다.

이미 용자의 기사가 된 라테르는 사르곤 제국을 대표하는 인물이며, 그 외 동맹국의 수장들 또한 각 왕국을 대표하는 존재들!

사실상 지금 이곳 아스피스 성에 라키아 대륙의 어지간한 국가들의 대표들이 모두 모여 있는 것이나 다름없었다.

그들은 비로소 진심으로 아시엘을 전설의 용자로 인정하며 충성을 맹세했다.

그 충성의 표시로 많게는 수천 명, 적게는 수백 명 정도의 병사들을 아스피스 성의 수호 병력으로 상시 파병하겠다 약속했다.

그로 인해 아스피스 성에는 미스토스 용병을 제외하고도 대략 1만 명 정도의 병력이 상주하게 되었다.

그들 병사들은 일정 기간 용자의 성에서 수호 임무를 수행하다 각국으로 돌아가고, 각국에서는 동일한 규모의 병사들이 다시 파병되는 식이었다.

*　　*　　*

아스피스 성 내성 궁전 3층 회의실.

아시엘과 로이스, 그리고 라테르와 아이리스 등 주요 인물들이 모두 모여 있었다.

아시엘이 로이스를 향해 감개무량해하는 표정으로 말했다.

"얼마 전까지 초라하기만 했던 이곳이 이렇게 거대한 성으로 변했고, 이제는 라키아 대륙의 모든 국가들에게 인정을 받게 됐어요. 모두 로이스 님이 아니었다면 불가능했을 일이에요. 정말 고마워요."

"모두가 열심히 해서 가능했던 일이야. 난 그저 마음에 들지 않는 녀석들을 몇 손봐 줬을 뿐이고."

말은 그래도 로이스 역시 뿌듯하긴 했다.

이제야 아시엘이 어디 가서도 무시당하지 않을 만큼 용자로서의 위용을 갖추었기 때문이다.

그녀는 더 이상 어설픈 소녀 용자가 아니다.

앞으로 사르곤 제국은 물론이고 라키아 대륙 전역에서 아시엘은 전설적인 존재가 될 것이며, 모든 이들이 그녀의 이름을 칭송하게 될 것이다.

물론 아직 부족한 점은 있다.

아시엘 스스로 마족 정도는 가볍게 이길 수 있고, 장차 마왕과 대적할 정도의 능력을 갖춰야 진정으로 용자라 할 수 있을 텐데, 아직 그것은 쉽지 않아 보였다.

그래도 계속 발전하고 있으니 언젠가 가능할 것이다.

또한 용자의 기사가 된 라테르와 세리나가 있으니 안심이 되기도 했다.

특히 세리나는 웬만한 마족 정도는 능히 상대할 수 있는 전투력을 갖추었으니까.

게다가 라테르 역시 조만간 사르곤 제국의 황제가 되면 유사시 용자의 성에 위급한 상황이 벌어질 때 든든한 지원군을 보내올 것이다.

용자의 기사인 그가 용자를 지키는 건 당연한 일이니까.

"이제 이곳은 정리됐으니 사르곤 제국의 황궁을 정리하러 갈 것이다."

로이스가 말하자 모두들 고개를 끄덕였다.

이 말을 다른 사람이 했다면 모두들 코웃음을 쳤겠지만 로이스가 한 말이었기에 당연히 그렇게 될 거라 의심치 않았다.

라테르와 아이리스가 말했다.

"저희들이 따르겠습니다. 부탁이오니 저희들에게 부황을 설득할 기회를 주십시오."

"좋아."

로이스는 고개를 끄덕였다. 황제가 순순히 모든 상황을 받아들이면 굳이 로이스가 험악한 분위기를 조성하지 않아도 될 것이다.

"그럼 일단 나칸부터 제거하고 황제를 만나러 간다."

"저도 따르겠어요."

스텔라가 눈을 빛내며 말했다. 그녀는 나칸의 심복과 같은 존재였으니 나칸의 세력을 비롯해 그에 대한 많은 것을 알고 있었다. 또한 그녀 스스로 나칸을 죽여 부모님의 원수를 갚겠다 다짐했는데 지금이 바로 그때였다.

"좋아. 너도 함께 간다."

아이리스, 라테르, 로디아, 스텔라가 로이스의 황궁 원정을 수행하기로 했다.

세리나는 제국 연합군 병사들을 통솔해야 해서 아스피스 성에 남았다.

그런데 그때 한쪽에서 침울한 표정으로 침묵을 지키고 있던 루니우스가 로이스를 바라보며 말했다.

"저도 따라가도 될까요, 로드?"

"좋아. 너도 와라."

"감사합니다, 로드."

그녀는 이제 로이스에게 매우 정중한 태도를 취했다.

물론 그렇다고 해서 그녀가 벌써 로이스에게 충성심을 가진 것은 아니었다.

그저 자신의 맹세에 충실하기 위해 행동하는 것뿐이다.

다만 한 가지 느낀 바는 있었다.

그간 그녀가 나칸에게 들어 알고 있던 용자에 대한 내용이 모두 거짓이었다는 것 말이다.

오히려 백성들 사이에 떠돌던 전설의 용자에 대한 소문이 진실이었다.

카로드 공작가가 목숨을 바쳐 충성하던 황제와 황태자가 매우 잘못된 선택을 하고 있었던 것이다.

무엇보다 그녀는 황태자에 대해 크게 실망했다. 그러다 보니 더 이상 그에 대한 충성심은 존재하지 않았다.

하지만 그렇다 해서 황제에게까지 검을 겨눌 자신은 없었다. 무엇보다 황제를 수호하는 근위기사단의 단장은 바로 그녀의 부친이 아닌가?

카로드 공작!

그는 설사 하늘이 무너진다 해도 황제를 배신하지 않을 것이다.

라테르 황자가 그 어떤 명분을 가져간다 해도 카로드 공작은 오직 황제의 편에 서서 검을 휘두를 것이다.

'아버지를 허망하게 돌아가시게 할 수는 없어.'

루니우스는 자신이 로이스에게 패배했듯, 부친 카로드 공작 역시 로이스의 상대가 되지 못함을 알고 있었다. 따라서 그는 로이스에게 끝까지 저항하다 죽임을 당할 가능성이 높았다.

세리나 역시 그 같은 일이 벌어질까 두려웠는지 언니 루니우스를 찾아와 극한 상황이 벌어지면 꼭 부친을 설득해 달라고 부탁했던 것이다.

세상에서 카로드 공작의 고집을 꺾을 수 있는 사람은 큰딸 루니우스뿐이니까.

*　*　*

잠시 후 로이스 일행은 아스피스 성을 나서 라키아 대륙으로 향했다.

그들은 모두 커다란 전차 위에 타고 있었다.

촤르르르.

이 전차는 한니아 왕국에서 만든 마법 도구로 말이 없는데도 마차 못지않은 속력을 내는 놀라운 기능이 있었다.

내부는 한 번에 수십 명도 탑승이 가능할 만큼 거대할 뿐 아니라 여러 칸의 침실과 식당 등 편의 시설도 갖춰져 있었다. 더구나 냉기나 열기 등에 저항하는 갖가지 마법도 펼쳐져 있어 어지간한 마법 공격에도 잘 버텨 냈다.

다만 그만큼 만들기가 쉽지 않아 이번 원정에도 단 2대만 끌고 왔는데, 그중 하나를 로이스에게 바친 것이었다.

"후후, 이런 괴상한 전차가 있으니 편하긴 하군. 이런 걸 다 만들다니 대단해."

아이리스가 미소 지었다.

"한니아 왕국이 마법 도구 제작에 있어서는 사르곤 제국보다 한 수 위라는 말이 있거든요. 이것 말고도 별것이 다 있을걸요?"

"그럼 다른 것들도 시간 나면 구경해 봐야겠군. 하지만 지금은 최대한 빨리 황궁으로 가야 한다."

"이대로라면 금방 라키아 대륙으로 진입하겠어요."

샤론 대륙의 국경을 넘어가 라키아 대륙으로 진입하면 그때는 로디아가 공간 이동 마법진을 펼쳐 사르곤 제국의 황궁 인근으로 순식간에 갈 수 있게 된다.

그러나 샤론 대륙은 아직 로디아가 좌표를 잘 파악하지 못한 터라 국경까지 육로로 이동해야 하는 상황이었다.

로이스가 문득 로디아를 보며 말했다.

"황태자가 두루마리를 찢어 도망치는 걸 보면 이곳에서도 그 공간 이동 마법진이라는 걸 펼치는 게 가능하지 않을까?"

그러자 그녀가 대답했다.

"사실 공간 이동 마법을 펼치는 건 어렵지 않아요. 정확한 지점으로 이동하는 게 어려울 뿐이죠. 더구나 샤론 대륙에서 라키아 대륙으로 이동하는 건 더욱 어려운 일이에요. 솔직히 저는 그 두루마리의 정체가 무엇인지 잘 모르겠어요."

그러자 루니우스가 로디아를 향해 말했다.

"그건 나칸이 준 두루마리였어요. 단 한 번뿐이지만 샤론 대륙에서도 라키아 대륙에 있는 황궁으로 단번에 귀환이 가능한 마법이 펼쳐져 있다고 했죠."

"그렇군요. 어쩐지."

로디아는 뭔가 맥이 빠지는지 한숨을 내쉬었다. 로이스는 눈을 빛냈다.

"나칸이라는 녀석의 마법이 확실히 대단하긴 한가 보군."

로디아도 하지 못한 것을 나칸이 할 수 있다는 건 그의 능력이 한 수 위라는 것을 의미할 것이다. 로디아는 침울한 표정으로 말했다.

"저는 아직 대마법사의 수준에는 미치지 못해요."

"지금도 충분히 큰 도움이 되고 있으니 너무 우울해할 건 없어."

로이스가 말했다.

아이리스 또한 동조했다.

"난 조만간 로디아 네가 모든 면에서 나칸을 훨씬 능가하게 될 거라 생각해."

라테르도 가세했다.

"나 또한 그렇게 생각한다. 나칸은 사악한 마족의 힘을 빌려서 강해졌지만, 로디아 경은 스스로의 능력으로 마스터의 경지에 오른 것이니 둘은 비교할 바가 못 될 것이다."

"고마워요, 로드. 마마, 전하."

모두가 격려하자 로디아의 표정이 금세 밝아졌다.

"이제 평지가 나왔으니 전차의 속도를 좀 더 높여 보겠어요."

순간 그녀의 왼쪽 중지에서 푸른빛이 반짝였다.

화악!

어느새 그녀의 손에는 푸른색의 자그만 하프가 들려 있었다.

보통 때는 평범한 보석 반지처럼 보이지만, 마나를 주입하면 하프로 변한다. 이 하프는 로디아의 주무기이자 보물로 마법의 모든 능력을 증폭시켜 주는 기능이 있었다.

디리링.

하프의 아름다운 선율이 흐르는 순간 전차의 속도가 빨

라졌다.

마치 바람의 정령이 뒤에서 미는 것처럼 전차가 바람을 뚫고 빠르게 전진했다.

한편 그사이 황궁은 로이스 등이 전혀 예상하지 못했던 파국을 맞이하고 있었으니.

그것은 용자와의 전쟁에서 대패한 후 도주한 황태자 프론스로부터 시작되었다.

며칠 전.

츠으으읏!

프론스가 나칸이 준 두루마리를 통해 이동한 장소는 웬 어두컴컴한 동굴 속이었다.

'여기는 어디지?'

분명 황궁으로 귀환한다고 들었는데 알 수 없는 동굴이라니 이상했다.

스슷.

바로 그때 그의 앞에 인상 좋아 보이는 노마법사가 모습을 드러냈다. 다름 아닌 나칸이었다.

"그대는?"

"소신 나칸, 황태자 전하를 알현합니다."

나칸 또한 프론스 혼자 이곳에서 모습을 드러낸 것이 의외란 듯 꽤나 놀란 표정이었다.

"여기는 어디요?"

"놀라지 마십시오, 전하. 이곳은 황궁의 지하에 위치한 동굴입니다. 저 뒤쪽으로 나가시면 바로 전하의 처소로 통하게 됩니다."

그 말에 프론스는 안도의 한숨을 내쉬었다.

"휴, 이제야 살았군."

"대체 어찌된 연유이십니까? 어찌 혼자서만 귀환하셨는지요? 루니우스 후작은 어째서 보이지 않는 겁니까?"

나칸이 눈을 빛내며 물었다.

"말도 마시오. 하마터면 꼼짝없이 죽을 뻔했단 말이오."

프론스는 푸념을 하며 샤론 대륙에서 있었던 일을 말해주었다. 그러자 나칸의 표정이 기괴하게 변했다. 처음에는 온화한 표정을 유지하던 그의 얼굴이 점점 일그러지더니 나중에는 음침하게 바뀌어 있었다.

"그래서 결국 용자를 죽이지 못하고 혼자 도주했다는 것입니까?"

"모든 건 그 로이스라 불리는 아시엘의 용병 때문이오. 어서 날 밖으로 안내하시오. 폐하를 뵙고 대책을 마련해야겠소."

"저를 따라오십시오, 전하."

나칸이 앞에서 길을 안내했다. 프론스는 그를 따라 어둑한 동굴 속을 한참 걸었다. 곳곳에 마법의 횃불이 밝혀져 있었지만 동굴 가득히 차 있는 알 수 없는 기운 때문에 점점 시야가 어두워졌다.

"아직 멀었소?"

"거의 다 와 갑니다, 전하."

"벌써 그 소리만 몇 번째요. 바로 황궁과 연결되어 있다더니 왜 이리 오래 걸리는 것이오?"

"……."

그런데 나칸은 아무런 대답도 하지 않았다. 아니, 어느샌가 앞서 걷고 있던 나칸의 모습이 보이지 않았다.

스스스. 스스스스.

대신 정신을 아득하게 만드는 고약한 냄새가 몰려와 코로 스며들었다.

"나칸! 나칸! 어디 있소?"

프론스가 놀라 고개를 두리번거렸다. 그러던 그는 뒤쪽에서 자신을 노려보고 있는 정체불명의 시커먼 형체를 보고 깜짝 놀랐다.

이 어두운 공간에서도 유독 더 어둡게 느껴지는 존재!

그것은 마치 암흑으로 이루어진 그림자와 같았다.

그러다 그것이 뒤로 뭔가를 넘기자 허연 얼굴이 드러났

다. 다름 아닌 나칸이었다. 방금 넘긴 것은 흑색의 후드였다.

그런데 지금 드러난 나칸의 얼굴은 아까와는 판이한 분위기였다.

마치 악마처럼 섬뜩하게 느껴지는 흑색의 두 홍채가 검은 화염처럼 빛나고 있었다.

"나칸? 아니, 너는 누구냐?"

프론스는 흠칫 놀라 뒷걸음질 치며 물었다.

그러자 나칸이 차갑게 웃으며 대답했다.

"놀랄 것 없다, 프론스. 나는 네가 아는 그 나칸이 맞다."

"감히 네놈이! 지금 무슨 꿍꿍이를 꾸미고 있는 것이냐?"

"크큭! 꿍꿍이라면 바로 너와 네 아비가 먼저 꾸미고 있었음을 내가 모를 줄 알았느냐?"

이에 프론스의 안색이 딱딱하게 굳었다.

'설마 그 계획을 눈치챈 것인가?'

이번 전쟁이 끝나면 프론스는 나칸을 제거할 생각이었다. 황제 또한 윤허를 내린 일로, 프론스는 황궁으로 귀환하는 즉시 루니우스에게 명해 나칸을 해치울 계획이었던 것이다.

그런데 어떻게 알았는지 나칸이 먼저 선수를 치고 말았다.

"말해 보라, 프론스. 그동안 너희 부자에게 개처럼 충성하며 모든 궂은일은 내가 처리했다. 욕이란 욕은 내가 전부 먹고 너희 부자는 영광만 누렸거늘, 감히 이제 와서 나를 배신하고 죽이려 한단 말이냐?"

순간 프론스의 안색은 사색이 되고 말았다.

'하필 루니우스가 없는 이때에 저놈이 마수를 드러내다니.'

그렇다. 그의 곁에 그랜드 마스터 루니우스 후작이 있었다면 나칸은 절대 지금처럼 섣불리 본색을 드러내지 못했을 것이다.

나칸이 조소를 흘렸다.

"하긴 나는 진작 너희들이 날 배신할 거라 예상했지. 그럼에도 불구하고 지금껏 너와 네 아비를 내가 살려 둔 이유는 카로드 공작과 그 딸 때문이었다. 너의 가장 큰 실수는 루니우스를 내팽개치고 너 혼자 이곳에 왔다는 것이란다, 어리석은 황태자여."

"자, 잠깐! 살려 줘……!"

프론스는 말을 마치지 못했다. 사방에서 밀려드는 어둠이 그를 마치 가위눌리듯 꼼짝 못 하게 했기 때문이다.

"입 닥치고 그만 죽어라!"

나칸이 핏빛 검신의 단검으로 프론스의 심장을 찔렀다.

푸욱!

"크아아악!"

사르곤 제국의 황태자 프론스의 허망한 죽음이었다.

"크큭! 일을 앞당겨야겠군."

나칸이 사악하게 웃더니 프론스의 피를 뒤집어썼다. 그러자 그의 몸을 붉은 빛무리가 휘감았다.

츠츠츳!

잠시 후 빛무리가 사라지고 드러난 얼굴은 나칸이 아니라 프론스였다.

물론 그 모습은 나칸이 변신한 것이었다.

"멍청한 황태자 놈! 20만이나 끌고 가서 고작 그깟 애송이 용자 하나 이기지 못했다는 말인가? 이런 무능한 놈들은 더 이상 믿을 수 없어. 이제 내가 직접 제국을 장악해 용자를 없애 버릴 것이다."

나칸의 두 눈이 차갑게 빛났다.

"카로드 공작! 그놈만 처치하면 된다."

그랜드 마스터인 카로드 공작은 나칸이 어찌할 수 없는 강한 존재였다. 여기에 그의 딸인 루니우스 후작까지 있다면 나칸이 무슨 수를 써도 황궁을 장악하기란 불가능했다.

그런데 다행히 이곳에 루니우스 후작은 없다.

카로드 공작만 있는 지금이야말로 황궁을 장악할 천재일우의 기회!

나칸은 프론스의 피로 물들어 있는 동굴의 지하에 마법진을 그렸다.

츠으으읏!

순간 붉은빛의 마법진이 동굴 안을 환하게 밝힘과 동시에 하나의 커다란 관이 땅속에서 쑥 솟아올랐다.

나칸은 엄숙한 표정으로 그 관에 자신의 피를 조금씩 흘려 넣었다.

"고자므랄 놔호스칼!"

그리고 알 수 없는 주문을 외웠다.

"위대하신 마왕 크리움의 권속이시여! 이제 때가 되었으니 이곳으로 강림하소서!"

그 순간 관의 덮개가 동굴 천정으로 날아오르며 먼지로 변해 사라졌다.

그와 함께 시커먼 형체를 가진 알 수 없는 존재가 관에서 일어나 나칸을 노려보았다.

번뜩!

어둠 속에서 빛나는 시뻘건 홍채들!

그를 본 순간 나칸이 넙죽 엎드려 절했다.

"미천한 존재가 위대하신 분을 배알합니다."

"나칸, 오랜만이로군."

프론스의 얼굴을 하고 있었지만 그는 대번에 나칸의 정체를 알아봤다.

"마족 자레아 님이시여! 저의 미천한 이름을 기억해 주시다니 영광이옵니다."

마왕 크리움 휘하 최강의 마족이라 불리는 자레아!

그는 오래전 나칸에게 모종의 임무를 부여함과 동시에 많은 능력을 갖게 해 주었다. 나칸이 지금 대마법사가 될 수 있었던 것도 모두 자레아 덕분이었다.

그 후로 다시 마계로 돌아갔는데 나칸이 특별한 방법으로 그를 소환한 것이었다.

"그대는 마왕 크리움 님의 뜻에 따라 용자를 제거하는 임무를 받았다. 그 대가로 그대는 나를 한 번 소환할 수 있지. 나의 힘이 필요할 만큼 위급한 상황인가?"

"황제를 죽이고 제가 황제가 되려 합니다. 카로드 공작과 근위 기사단만 제거해 주시면 나머진 제가 알아서 처리하겠습니다."

"좋다. 계약대로 그대가 원하는 것은 무엇이든 이루어질 것이다."

그 말에 나칸은 득의만만한 표정을 지었다.

"이제 저의 그림자가 되어 따라오십시오. 제가 신호를 하면 그때 카로드 공작과 근위 기사단을 모조리 없애 주시면 됩니다."

"그렇게 하지."

마족 자레아의 모습이 흐릿하게 변하더니 나칸의 그림자 쪽으로 스며들었다.

그러자 나칸이 의미심장하게 웃었다.

'되었다. 이제 황제를 죽이러 가 볼까?'

*　　*　　*

잠시 후 황궁의 후원.

황제는 모처럼 황후와 담소 중이었다. 그들의 주위는 카로드 공작을 비롯한 근위 기사들이 철통처럼 지키고 있었다.

"폐하, 소신 나칸이옵니다. 지금 황태자 전하께서 샤론 대륙에서 귀환하여 폐하를 알현코자 하십니다."

멀리서 들려오는 나칸의 음성. 황제는 고개를 끄덕이고는 돌아섰다.

"프론스가 벌써 돌아온 것인가?"

"예, 폐하. 황태자 전하께서 이끄시는 20만 대군이 마녀 아시엘의 성을 폐허로 만들고 그 모든 잔당을 하나도 남김 없이 궤멸시켰다 하옵니다. 황태자 전하께서는 이 승전 소식을 가장 먼저 폐하께 전하고자 홀로 마법진을 타고 귀환하셨다 하옵니다."

그러자 황제가 반색했다.

"크하하하! 그것이 사실인가? 역시 프론스는 짐을 실망시키지 않는구나. 어서 황태자를 오라 하라."

"예, 폐하."

잠시 후 나칸과 함께 프론스가 황제 앞으로 걸어와 공손히 예를 취했다.

"소자, 프론스. 부황의 명령을 받들어 사악한 마녀 아시엘을 제거하였사옵나이다."

황제는 미소 지었다.

"허허허! 수고 많았다, 프론스. 너로 인해 나의 근심이 하나 사라졌구나."

황후 또한 만면에 기쁨의 기색이 역력했다.

"장하구나, 프론스! 그간 네가 먼 곳으로 출정을 떠나 잠을 이루지 못했는데 오늘에야 편히 잠을 잘 수 있겠구나."

"하오나 아직 두 분의 근심이 하나 더 남아 있지 않사옵니까? 소자는 오늘 그 근심도 사라지길 바라옵니다."

그 말에 황제의 두 눈에 이채가 일었다. 황후 또한 표정이 살짝 굳어졌다.

지금 프론스의 말이 의미하는 바를 그들은 알고 있기 때문이었다.

바로 나칸을 제거하자는 것! 지금 저 뒤에서 온화한 미소를 짓고 있는 나칸은 이 같은 상황을 꿈에도 눈치채지 못할 것이다. 물론 이는 황제의 생각이었다.

"물론이다, 프론스. 이제 때가 되었으니 그 근심을 사라지게 하리라."

그 말과 함께 황제는 힐끗 카로드 공작을 향해 눈치를 주었다.

"폐하의 명을 받듭니다."

카로드 공작은 기다렸다는 듯 검을 번쩍 휘둘렀다.

서걱!

"크아아아악!"

그야말로 순식간에 벌어진 일이었다. 대마법사 나칸의 목이 잘려 그의 머리가 땅바닥을 굴렀다.

즉사였다. 나칸은 아직도 자신에게 무슨 일이 벌어졌는지 모르는 듯 두 눈을 부릅뜬 채로 죽어 있었다.

그러다 이내 그의 몸은 흐물흐물 검은 액체가 되어 땅바닥으로 스며들기 시작했다.

"네놈이 반역을 도모하고 있었다는 사실을 내가 몰랐을

성싶으냐?"

황제는 코웃음 쳤고 황후는 인상을 찌푸린 채 시선을 돌렸다. 그러나 그녀 역시 전혀 놀라는 기색이 아니었다. 이미 이 같은 일이 벌어질 것임을 다 알고 있었으니까.

"감히 황자와 황녀를 죽이려 하다니. 죽어도 싼 자일 뿐이지요."

나칸이 라테르와 아이리스를 죽이려 했다는 사실을 황후도 알고 있었던 것이다.

카로드 공작이 말했다.

"폐하, 나칸이 죽었지만 아직 그가 이끌던 세력은 남아 있사옵니다. 오늘 내로 그 세력을 모두 정리하겠사옵니다."

"그리하라. 나칸과 연관된 자들은 하나도 남김없이 다 참수하라. 그 이후 황태자의 승전을 축하하며 포상을 하는 연회를 열 것이다."

"명을 받드옵니다, 폐하."

그때 황제가 문득 프론스를 바라보며 물었다.

"한데 루니우스 후작의 모습은 왜 보이지 않는 것이냐?"

그 말에 카로드 공작 또한 고개를 갸웃했다. 그 어떤 상황에서도 황태자 프론스의 근처에서 떨어지지 않고 호위를 하던 루니우스의 모습이 보이지 않는 것은 분명 이상한 일이었던 것이다.

그러자 프론스가 알 수 없는 미소를 지으며 대답했다.

"루니우스 후작은 제국 병사들을 통솔하여 귀환하고 있사오니 염려 마소서. 소자가 그리하라 명하였습니다."

"네가 그리 명하였다고?"

"사정이 있었사옵니다. 그건 차후 고하겠나이다. 그보다 이건 마녀를 해치우고 얻은 보물이옵니다."

프론스는 신비롭게 번쩍이는 상자 하나를 공손히 앞으로 내밀었다.

"무어라? 마녀를 해치우고 얻은 보물?"

"그러하옵니다. 폐하께 바치고자 하오니 받아 주소서."

한눈에 봐도 뭔가 대단한 보물이 들어 있다고 느껴질 만큼 기괴한 기운이 상자에서 뿜어져 나오고 있었다.

그런데 그 기운이 뭔가 미심쩍었는지 카로드 공작이 돌연 인상을 살짝 찌푸렸다.

"상자에서 정체를 알 수 없는 기운이 느껴집니다. 제가 잠깐 그것을 살펴봐도 되겠습니까, 전하?"

"물론이지요."

곧바로 카로드 공작에게 그 상자를 건네는 프론스의 입가에 음침한 미소가 맺혔다.

'바로 지금입니다, 자레아 님!'

그때 막 카로드 공작이 상자를 열었다.

콰아아아!

순간 상자에서 시커먼 연기가 폭발하듯 쏟아져 나왔다.

"이, 이것은 대체 무엇이오?"

카로드 공작은 흠칫 놀랐다. 연기로부터 사악하기 이를 데 없는 기운이 느껴졌던 것이다.

대체 어찌하여 황태자가 이런 사악한 기운이 깃든 상자를 황제에게 바치려 한다는 말인가?

그러나 지금은 그런 의문을 느낄 때가 아니었다.

갑자기 황태자의 뒤쪽에서 뭔가가 불쑥 솟아오르더니 카로드 공작의 몸을 순식간에 휘감아 버린 것이다.

우드득!

그 힘이 얼마나 가공한지 카로드 공작은 뼈가 으스러지는 듯한 충격을 받았다.

"으윽! 누, 누구냐, 넌?"

"크카카카카카!"

그 즉시 울려 퍼지는 지옥의 마귀와 같은 웃음소리!

그 시커먼 형체의 두 눈에서 번쩍이는 사악한 기운을 발견한 카로드 공작은 경악했다.

"설마 마, 마족인 것이냐?"

"나의 정체를 단번에 파악하다니 인간치고는 제법이로

군. 너의 짐작대로 나는 마족이다. 위대하신 마왕 크리움 님의 권속인 자레아! 그것이 바로 나의 이름이다."

그사이 상자에서 쏟아져 나온 시커먼 기운이 주위를 완전히 장악했다.

그 기운은 물론 결계였다.

나칸이 마족 자레아의 기운에 힘입어 인근을 어둠의 결계로 가둬 버린 것이다.

이로써 외부에서 이곳으로 들어올 수 없으며, 이곳에서 밖으로 나갈 수도 없다.

물론 자레아보다 강한 존재가 나타난다면 결계를 깨뜨릴 수 있지만, 지금 황궁에서 그러한 일이 벌어지기란 불가능했다.

그랜드 마스터 카로드 공작도 단번에 제압해 버린 최상급 마족 자레아를 그 누가 당해 낼 수 있다는 말인가.

"대체 이게 어찌 된 일이냐, 프론스! 어찌하여 마족이 나타나 카로드 공작을 공격한다는 말이냐?"

그때 황제가 프론스를 향해 소리를 질렀다.

그러나 프론스가 히죽 웃더니 손으로 얼굴을 슥슥 문질렀다.

"그것은 소신이 바로 나칸이기 때문이지요, 폐하."

"무, 무엇이? 네, 네놈이 어찌?"

"뭘 그리 놀라십니까, 폐하? 소신을 죽이려 작당하셔 놓고 설마 이런 일이 벌어질 것이라 예상을 못 하신 것이옵니까?"

"네놈이……! 감히 네놈이! 프론스는 어찌하였느냐?"

그러자 나칸이 큭큭 웃으며 대답했다.

"설마 멀쩡히 살아 있을 거라 생각하십니까? 프론스 전하는 이미 죽어 한 줌 핏물로만 남아 있을 뿐이지요."

그 말과 함께 나칸은 핏빛의 단검을 슥 겨누며 말을 이었다.

"소신이 이 검으로 프론스 전하의 심장을 찔렀지요. 이제 폐하와 황후마마 차례입니다."

"네, 네 이놈! 커어억!"

황제가 두 눈을 부릅떴다. 어느새 그의 심장에 붉은 단검이 깊게 박혀 있었다.

푸확!

나칸이 단검을 사정없이 잡아 빼자 황제의 심장에서 선혈이 분수처럼 뿜어져 나왔다.

"폐하! 폐하!"

황후가 피눈물을 흘리며 부르짖었다. 그녀는 나칸을 노려보며 외쳤다.

"네 이놈! 감히 폐하를 시해하다니! 정녕 하늘이 두렵지 않다는 말이냐?"

"하늘이건 땅이건 소신을 두렵게 할 건 없습니다, 마마. 소신이 두려워하는 건 오직 위대하신 마왕 크리움 님뿐이지요."

"무, 무어라? 마왕이라고?"

"머지않아 사르곤 제국은 물론 라키아 대륙은 마왕 크리움 님의 마계로 편입될 것입니다. 이는 애초부터 예정된 숙명과 같은 일. 그 누구도 거스를 수 없사옵니다. 크큭! 안타깝지만 마마께서는 그 좋은 세상을 보지 못하겠지요."

푹!

나칸의 단검이 순식간에 황후의 심장을 찔렀다 빠져나갔다.

좌아악—

"아아악!"

가슴에서 피를 뿌리며 황후 역시 맥없이 쓰러졌다.

사르곤 제국의 이비아스 대제와 황후의 허망한 최후였다.

"으아아아아! 네 이놈! 나칸! 절대로 용서 못 한다!"

이 순간 가장 크게 분노한 이는 물론 카로드 공작이었다. 그의 전신은 마족 자레아가 가한 압력으로 인해 만신창이가 된 상태였지만, 그는 초인적인 의지로 그 고통을 버텨 내고 있었다.

으드드득!

동시에 그의 두 눈에서 섬광이 번쩍이는가 싶더니 자레아의 속박을 벗어나 공중으로 뛰어올랐다.

"네놈이 감히 폐하를 시해하다니! 죽어랏!"

번쩍!

공중에서 휘두른 검이 공간을 반으로 갈랐다.

카로드 가문의 무적초식인 절대공검이 펼쳐진 것이다.

콰아아앙!

그런데 귀를 찢을 듯한 굉음이 울렸다. 본래라면 아무런 소리도 없이 그 앞에 존재하는 어떤 것이든 두 쪽이 나야 정상인 것인데, 뭔가가 이상했다.

"크카카카카카카! 제법이다만 내 앞에서는 통하지 않는다, 인간!"

믿을 수 없게도 마족 자레아의 한 손이 카로드 공작의 검신을 손으로 움켜쥐고 있었던 것이다.

'이럴 수가!'

카로드 공작은 믿을 수 없었다. 아무리 마족이라 하지만 절대공검의 초식을 손으로 막아 냈을 뿐 아니라 그것을 그대로 쥔 채 버티고 있을 줄이야.

마왕도 아닌 한날 마족이 이토록 가공스러운 존재란 말

인가.

사르곤 제국에서 검의 절대자로 오래도록 군림해 왔던 카로드 공작으로서는 자신이 우물 안의 개구리였음을 알게 되는 순간이었다.

퍽! 콰아악!

그 순간 자레아의 다른 손이 카로드 공작의 복부를 뚫고 등 뒤로 튀어나왔다.

"커어억!"

카로드 공작의 안색이 하얗게 변했다. 그의 모든 마나 기운이 응축되어 있는 마나 홀이 파괴되어 버린 것이다.

츠츠츠츠—

파괴된 마나 홀에서 빠져나오는 마나의 기운을 자레아가 입을 쩍 벌리고 빨아들였다.

"오오오! 맛이 아주 기막히구나! 마나를 모두 흡수한 후 네놈의 몸뚱이도 모조리 먹어 치워 주마."

광기 서린 자레아의 눈빛은 말 그대로 악마 그 자체였다. 카로드 공작은 허탈한 표정을 지었다. 더 이상 저항할 한 줌의 힘도 없었다.

'흐흑! 폐하! 이 무능한 신을 용서하지 마시옵소서. 신이 무능하여 폐하를 지켜 내지 못했습니다.'

힘없이 꺾이는 그의 얼굴 아래로 눈물이 주르륵 쏟아져

내렸다.

그런 그를 나칸이 내려다보며 키득거렸다.

"크큭! 고집불통 늙은이 같으니. 하지만 네놈의 그 질긴 명줄도 이제 끝이구나."

바로 그때였다.

콰아앙!

갑자기 천지가 울리는 굉음과 함께 어둠의 결계가 세차게 흔들렸다.

쾅! 쾅! 콰아앙!

이어서 다시 울리는 굉음!

어둠의 결계가 흔들리다 못해 균열이 생겨났고 이내 산산조각 나 버렸다.

스스스스.

사방을 뒤덮었던 어둠의 결계가 사라지고 주위가 환하게 변했다.

그와 함께 모습을 드러낸 존재.

그는 전신에서 상상도 못 할 정도로 가공스러운 기세를 풍겨 내고 있는 소년이었다.

'허억!'

'으음!'

나칸은 소년을 본 순간 안색이 하얗게 변했고, 심지어 자레아까지 기겁했다.

이는 소년 즉, 로이스가 분노한 상태에서 발현되는 포식자의 위압 때문이었다.

마왕도 놀라 자빠질 정도의 공포감인데 나칸이 오죽하겠는가.

그러나 자레아는 명색이 최상급 마족인 만큼 이내 정신을 수습했다. 그는 카로드 공작을 바닥에 패대기치고는 로이스를 노려봤다.

"너는 누구냐?"

"닥치고 덤벼라. 너 따위 녀석에게 내 이름을 가르쳐 주고 싶은 마음은 없으니까."

〈다음 권에 계속〉